아버지가 들려주는 작은 부자 이야기

윤정환

아버지가 들려주는 작은 부자 이야기

지은이 윤정환

1판 1쇄 발행 2018년 12월 27일

저작권자 윤정환

발행처 하움출판사
발행인 문현광
교 정 성슬기
디자인 임민희
주 소 광주광역시 남구 주월동 1257-4 3층 하움출판사
ISBN 979-11-88461-87-5

홈페이지 www.haum.kr
이메일 haum1000@naver.com

좋은 책을 만들겠습니다.
하움출판사는 독자 여러분의 의견에 항상 귀 기울이고 있습니다.

· 값은 표지에 있습니다.
· 파본은 구입처에서 교환해 드립니다.

「이 도서의 국립중앙도서관 출판예정도서목록(CIP)은 서지정보유통지원시스템 홈페이지(http://seoji.nl.go.kr)와 국가자료공동목록시스템(http://www.nl.go.kr/kolisnet)에서 이용하실 수 있습니다.(CIP제어번호: CIP2018041670)」

50여 년 인생 이야기 보따리를 풀었다

'아버지'가 들려주는 작은 부자 이야기

윤정환 지음

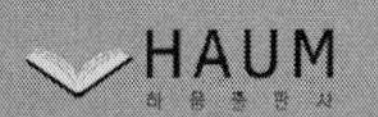

프롤로그

"누가 부자이고 어떻게 부자가 되는가?"

나는 대학 졸업 후 30년 간 직장 생활을 하고 퇴직한 후, 그동안 모은 돈을 여러 곳에 투자하여 3년 만에 30년간 모은 돈을 두 배로 불릴 수 있었다. 이러한 과정에서 돈의 흐름을 이해하게 되었고 이 세상에는 여러 가지 유형의 부자들이 있다는 것도 알게 되었다. 그래서 나름대로 쌓은 작은 지식을 후배들과 내 아이들에게 전수해 주고자 정리를 하였는데 이를 본 몇몇 지인들이 출판을 권유하여 이 책을 만들게 되었다.

내가 이러한 부자에 관한 책을 쓰려고 할 때 주위에서 제일 먼저 묻는 질문이 "돈 많으세요?"였다. "돈이 얼마나 많으면 부자에 관한 책을 쓰느냐."는 질문이었던 것이다. 그래서 나는 쉽게 포기하고 쓰지 못했다. 왜냐하면 "내가 부자인가?"라는 질문에 대답할 수 없었기 때문이다. 그런데 어느 날 이러한 생각이 들었다. "부자가 무엇인지 나도 잘 모르고 상대방도 모른다, 그렇다면 부자가 무엇인지부터 이야기를 하면 되지 않을까." 하여 다시 자신감을 갖고 이 글을 쓰기 시작했고 이 글로 인해 단 몇 명이라도 공감하며 돈에 대한 생각, 부자에 대한 생각을 정리할 수 있는 기회가 된다면 나는 매우 행복할 것이다.

부자 되는 법과 관련된 책에 대하여 독자들이 가장 궁금해 하는 것은 "얼마나 소유하고 있어야 부자이고 어떻게 해야 부자가 될 수 있는가?"이다. 본문에서 반복되는 이야기지만 '이 세상에 큰 부자는 하늘이 내리고 중간 부자는 팔자가 만들며 작은 부자는 본인의 노력으로 될 수 있다.'고 했다. 따라서 여기에서는 큰 부자나 중간 부자가 되는 법을 제시하지는 못한다. 왜냐하면 이것은 신의 영역이기 때문이다. 여기에서는 현재 가지고 있는 자산을 어떻게 관리할 것인가 궁금한 사람, 현재 작은 부자도 되지 못한 사람 그리고 아직 사회에 직접적으로 뛰어들지 않은 젊은이들에게 부자가 되기 위한 방향을 제시해 주는데 목적이 있다고 하겠다.

오늘 하루 내내 뉴스에서는 모 전 대통령의 구속 여부가 메인 뉴스로 TV에서 방영되고 있다. 이분은 우리 역사상 가장 밑바닥에서 가장 높은 자리까지 올라간 입지전적인 인물이다. 신문 배달부로 시작하여 건설회사에 입사 후 건설회사 회장까지 하고 국회의원 및 서울 시장을 거쳐, 결국 대통령까지 지내신 위대한 인물이다. 그러나 지금은 무려 18가지의 혐의를 받고 기소를 당하여 감옥에 갈 위기에 처해 있다. 그렇다면 이 전 대통령의 인생은 성공한 인생일까, 실패한 인생일까 깊이 생각해 볼 문제이다. 만약 여러분에게 "지금 대통령을 시켜줄 테니 임기를 마치고 감옥에 가서 10년간 복역하라."고 한다면, 당신은 대통령을 하겠는가? 아마 하겠다는 사람은 한 명도 없을 것이다. 그런데 수많은 권력자들은 권력을 가지고 있을 때 자신의 영향력에 심취하여 자기 잘못을 모르고 눈이 멀게 된다. 어느 정신분석학자가 진단하기를 이 전 대통령은 '외상성 기억 장애'인 것 같다고 한다. 자기가 기억하고 싶은 방향으로 기억을 왜곡하는 것이다. 자기가 실패한 것들도 실패를 한 것이 아니라 진행 과정에서 조금 착오가 있었지만 결국에 가서는 성공의 밑거름이 되었다는 쪽으로 기억해 버리는, 결국 자기 인생에서 실패는 하나도 없었고 모든 것은 다 성공적인 인생이라고 스스로 확신하고 믿어버린다는 것이다. 만약 이것이 사실이라면 정말 안타까운 상황이며 우리 시대의 큰 인물이 이러한 방향으로 변해버린 것이 너무나 가슴 아프다.

이런 사람이 되지 않으려면 어려서부터 건강한 사람으로 성장해야 한다. '건강한 사람'이란 어떤 사람일까? 먼저 '건강'의 의미에 대하여 정확히 알아볼 필요가 있다. 세계보건기구(WHO)의 헌장에는 '건강이란 질병이 없거나 허약하지 않은 것만 말하는 것이 아니라 신체적·정신적·사회적으로 완전히 안녕한 상태에 놓여 있는 것'이라고 정의하고 있다. 즉 '건강한 사람'이란 '신체적·정신적·사회적으로 완전히 안녕한 상태에 놓여 있는 사람'이라 정의할 수 있다. 우리는 건강을 단순히 신체적 안녕으로만 생각하는 경향이 있다. 정신적·사회적 안녕을 위해서도 노력해야 한다. 그러기 위해서는 몸도 튼튼, 마음도 튼튼, 관계도 튼튼한 사람이 되어야 한다. 나는 처음 결혼해서 아내와 오랫동안 상의한 끝에 우리 집 가훈을 '건강한 신체 건전한 정신 순수한 이상'이라고 정하고 우리 부부는 물론 자식들에게도 교육하고 온 가족이 이러한 인생을 살려고 노력하고 있다. 아이들에게 인생의 목표로 어떤 직업이나 직책을 제시한다면 결국 그 아이들은 수단과 방법을 가리지 않고 오로지 그 위치에 도달하기만을 위해 노력할 것이기 때문에 그것보다는 좀 더 이상적인 상태를 제시하는 것이 바람직하다고 생각한다.

오래 전에 읽은 고도원의 '꿈 너머 꿈'에 의하면 우리가 꿈을 가지고 있다면 행복할 것이라고 말한다. 하지만 꿈 너머 꿈을 가지고 있다면 우리의 인생이 훌륭해질 것임을 강조한다. 꿈을 이룸으로써 인생이 완성되었다고 생각하는 것이 아니라, 그것보다 진화된 꿈을 만들어내어 한 걸음 한 걸음 발전된 인생으로 나아가게 되기 때문이다. 대통령이 되는 것도 중요하지만 그 이후 더 진화된 꿈 너머 꿈을 만들어 두었다면 전 대통령의 불행한 상황도 예방하지 않았을까 조심스럽게 상상해본다.

이 책은 이미 우리가 알고 있는 부자 이야기를 정리한 책이다. 부자가 무엇인가 알아보고 세대별로 부자가 된 사람들의 사례를 소개한다. 그리고 일반적인 투자를 하는데 있어서 주의해야 할 내용들을 소개하고 궁극적으로 부자가 되기 위해 어떻게 해야 하는지, 우리 아이들이 부자가 되게 하기 위해서 지금부터 무엇을 해야 하는지 등을 제시한 내용으로 구성되어 있다. 하늘이 내린다는 큰 부자나 팔자가 좋아야 된다는 중간 부자가 아니라 나의 노력으로 충분히 이룰 수 있다는 작은 부자가 되기 위해 지금 당장 실천에 옮겨야 할 내용들을 제시한 책이다. 모쪼록 이 책을 통해 한 사람이라도 돈에 대하여 이해하고 실천함으로써 작은 부자가 되기 위한 지침서가 될 수 있다면 만족할 따름이다.

2018년 겨울

윤 정 환

제5장
우리 아이 부자 만들기 192

제1장 부자란 무엇인가?

1. 부자와 관련된 용어들
2. 부자의 기준
3. 두 아버지와 어머니
4. 책의 목적과 차별성
5. 부자에 대한 전문가의 의견
6. 왜 부자가 되지 못하는가?

큰 부자는 하늘이 내리고 중간 부자는 팔자가 만들며 작은 부자는 노력으로 된다.

부자는 태어나는 것이 아니고 만들어지는 것이다.

돈은 내 마음대로 안 되지만, 내가 원하는 것은 대부분 해준다.

01

부자와 관련된 용어들

부자 이야기를 시작하면서 맨 처음 부자와 관련된 용어들의 정의를 알아보고자 한다. 대부분 알고 있는 내용들이겠지만 시대가 변화함에 따라 그 의미가 조금씩 변해가고 있기 때문에 지금 시점을 기준으로 사전적 의미를 알아보려고 한다. 국립국어원의 표준국어대사전과 네이버의 지식백과사전을 참고하였다.

부자(富者, rich person)

1. 재물이 많아 살림이 넉넉한 사람
2. 그것이 많은 사람을 나타내는 말

재물(財物, property)

돈이나 그 밖의 값나가는 모든 물건

자산(資產, asset)

1. 개인이나 법인이 소유하고 있는 유형·무형의 유가치물(有價値物)

2. 일반적으로 재산과 같은 뜻으로 쓰이며, 유형·무형의 물품·재화나 권리와 같은 가치의 구체적인 실체(實體)를 말한다.

소득(所得, income)

1. 개인 또는 법인이 노동·토지·자본 등 생산요소를 제공, 사회적 생산에 참가하여 얻는 재화

2. 개인의 경우 근로소득·재산소득 등이 있다.

재산소득(財產所得, property income)

1. 재화와 자산을 이용하여 얻는 소득

2. 재산을 이용하여 생기는 소득

투자수익(投資收益, return on investment)

투자에 의해 발생한 수익

금융소득(金融所得, financial income)

전 금융기관으로부터 받은 예금 등의 이자, 국공채, 금융채, 회사채 등에서 발생한 이자 및 할인액, 상장·비상장주식 및 출자금에서 발생한 배당소득을 통틀어 일컫는다.

불로소득(不勞所得, unearned income)

1. 노동의 대가로 얻는 임금이나 보수 이외의 소득을 말한다.

2. 이자, 배당, 임대료 등의 투자수익, 유가 증권이나 부동산 등의 매매 차익 등을 포함하는 재산소득 외에, 상속, 연금, 복지 등을 포함한다.

3. 장기적·동태적인 사회·경제적 여건 변화에 기인하여 개인의 노력과 무관하게 발생하는 데도 불구하고 개인이 향유하는 이익이라고 할 수 있다.

지출(支出, expenditure)

1. 어떤 목적을 위해 금전을 지불하는 일

2. 국가 또는 지방자치단체가 그 직능의 수행을 위해 지불하는 경비

소비(消費, consumption)

1. 인간의 욕구를 충족시키기 위하여 필요한 물자 또는 용역(用役)을 이용하거나 소모하는 일

2. 이들의 구매를 위해서 화폐를 지출하는 것을 소비지출이라고 하는데, 소비와 소비지출은 반드시 일치하지 않는다. 예를 들어, 텔레비전을 사기 위해 지출한 금액(소비지출)은 곧바로 전액 소비되는 것은 아니며, 이를 사용하여 얻어지는 서비스가 내용기간 중에 소비된다.

02

부자의 기준

우리가 힘들고 하기 싫은 일을 하는 이유가 뭘까?

결국 나와 우리 가족이 잘 먹고 잘 살기 위해서, 이를 위한 돈을 벌기 위해서이다. 이왕이면 돈을 많이 벌어서 부자가 되기 위한 소망은 우리 모두의 공통된 소망일 것이다. 그런데 어떤 사람이 부자일까?

부자에 대한 기준은 사람에 따라 정의하는 내용이 다르다.

우리나라 대학에서 최초로 부자학 강의를 했던 한동철 교수는 '부자도 모르는 부자학개론'에서 부자는 기본적으로 '자신의 내적 욕구[1]를 충족시키는 사람들'로 정의하고 확대된 개념으로는 '자신의 내적

1) 내적 욕구 : 자기 자신과 가족을 위해 가지고 있는 욕구

욕구와 외적 욕구[2]를 동시에 충족한 사람들' 또는 '자신의 개인적 욕구[3]와 사회적 욕구[4]를 동시에 충족시킬 수 있는 능력을 가진 사람'을 부자로 정의하였다. 아울러 물질적 재산의 획득 방법과 관련한 부자의 유형을 네 가지로 분류하였는데 첫 번째가 열심히 저축하고 투자하여 부를 이룬 자수성가형 부자, 두 번째는 전문적인 자격이나 직업을 통해 부를 획득한 전문가형 부자, 세 번째는 부모로부터 많은 재산을 물려받아 부를 획득한 상속형 부자, 네 번째는 자신이 부자라고 착각하고 살고 있는 가짜 부자이다.

아울러 한동철 교수는 물질적 재산의 정도에 따른 부자의 유형을 세 가지로 분류하였는데 첫 번째가 절대적 부자로서 총 재산이 1,000억 원 이상 소유한 사람, 두 번째로 상대적 부자로서 몇 십억에서 수백억까지 보유한 사람, 세 번째로 한계적 부자로서 은행에 약 1억 원 이상의 저축을 한 사람이다.

전남대학교 경영학과에 재직 중인 이상준 교수는 부자의 기준을 새로운 관점에서 제시하였다. "부자란 다른 사람을 위해 베풀 줄 아는 사람이다. 아무리 재산이 많아도 오직 자신과 가족들만을 위해 구두쇠처럼 사는 사람을 부자라고 하는 것은 단편적인 기준이기 때문이다. 모름지기 부자란 자신이 가지고 있는 것을 남을 위해 베풀 줄

---

2) 외적 욕구 : 사람들과의 관계에서 영향력을 행사하려는 욕구

3) 개인적 욕구 : 물질적 재산과 정신적 재산

4) 사회적 욕구 : 사회적인 인정과 존경

아는 도량을 갖춘 사람에게 부여할 수 있는 사회적 인정과 존경의 의미를 포함한 용어이다."

위 두 교수님들의 의견은 물질적 재산의 정도도 중요하지만 정신적 풍요로움도 중요함을 역설하였다. 두 분의 의견에 100% 공감하지만 정신적 풍요로움의 정도를 측정하기는 어렵기 때문에 나는 물질적 풍요로움을 기준으로 하되, 한동철 교수가 제시한 물질적 재산의 획득 방법과 관련한 부자의 유형 중 첫 번째인 열심히 저축하고 투자하여 부를 이룬 자수성가형 부자에 대하여 알아보겠다.

물질적 부자의 기준은 시대에 따라 달라질 것이다. 과거에는 식량이 절대적 부의 기준이었기 때문에 천석꾼, 만석꾼으로 부자의 규모를 지칭하였다. 2018년 현재의 대한민국에서 부자의 기준은 대략 세 가지로 이야기한다.

① 총 자산 가치가 100억 원 이상 보유한 사람

② 집, 자동차 등 부동산을 제외하고 현금 10억 원 정도를 보유한 사람

③ 매달 들어오는 불로소득(연금, 월세, 이자, 배당금 등)이 월간 총 지출보다 많아서 특별히 경제활동을 하지 않아도 계속해서 부가 쌓이는 사람

사람에 따라 정하는 부자의 기준은 다를 것이나 나는 세 번째 기준인 불로소득이 가족 총 지출보다 많아서 써도 써도 돈이 계속해서 쌓이는 사람을 부자라 정하고 이 글을 시작하려고 한다.

그럼 이러한 부자가 되기 위해 어떻게 해야 할까? 단순히 생각해 보면 부자가 되는 것이 그리 어려워 보이지 않는다. 먼저 불로소득을 최대한 늘리거나 지출을 극도로 줄이면 부자가 될 수 있을 것 같다. 한마디로 안 쓰면 부자다. 수준에 돈이 들어왔을 때 이를 절대 소비하지 않고 계속 모아갈 수만 있다면 그 사람은 부자인 것이다.

03

두 아버지와 어머니

앞에서는 부자의 기준에 대하여 설명하였다. 결론은 최대한 불로 소득을 증대시키고 지출은 극도로 제한한다면 누구나 부자가 될 수 있을 것이다. 그런데 그것이 그리 쉽지 않기 때문에 우리 주위에는 부자가 그렇게 많지 않다. 나에게는 두 분의 아버님이 계신다. 나를 낳고 키워주신 아버님 그리고 내 아내의 아버님이신 장인, 이렇게 두 분의 아버님이 계신다. 두 분은 모두 1939년에 농촌에서 태어나 현재 80세로 나이가 같고 5살에 일제로부터 민족 해방을, 12살에는 6.25 전쟁을 겪었으며 평생 부부간 금슬도 좋게 살아오셨고 슬하에 아들, 딸 모두 네 명씩의 자식을 두는 등 여러 가지 공통점이 많았지만 인생 역정은 정반대의 삶을 사셨다. 이 두 분의 사례가 이 책을 쓰게 된 결정적 동기였으며 두 분의 사례를 통해 어떻게 인생을 살아야 할 것인가 하는 답을 얻을 수 있을 것이다.

먼저 한 아버님은 농촌이었지만 그 지역에서 가장 부유한 집안의 큰아들로 태어나 명석한 두뇌로 어려서부터 공부를 잘하여 대도시에 있는 유명한 중학교와 고등학교를 졸업하고 지방 국립 대학교를 졸업하였다. 고등학교 때부터 영어에 대한 관심이 남달라 당시 미국 선교사들을 따라다니면서 영어를 집중적으로 익혀 통역장교 시험에 합격할 수 있었고 미군 부대에서 군 복무를 하였다. 특히 미(美) 8군 사령관 한국군 보좌관을 하였다고 하니 얼마나 영어를 잘하였는지는 가히 짐작할 수 있다. 전역 후에는 서울 대치동 학원가에서 유명한 영어 강사로 이름을 날렸으며, 어머님의 표현을 빌리면 "과외비를 받는 날은 마대자루에 돈을 짊어지고 퇴근하셨다."고 할 정도로 돈을 많이 벌었다고 한다. 그렇게 번 돈으로 가족들이 풍족하게 생활하면서도 목돈을 만들어 고향에 땅을 살 수 있었다고 한다. 이미 고향에 상당한 땅을 소유한 부잣집의 장남이었기 때문에 추가적으로 매입한 땅까지 합하면 대략 만 평에 달하였다. 이 땅은 모두 그 지역 최고의 특산품을 재배하는 과수원으로써, 농지로써는 가장 비싼 땅이었다.

이후 안정적인 생활을 위해 서울 생활을 접고 학창시절을 보냈던 지방 대도시로 이사를 하였으며 그곳에서 고등학교 영어선생님 15년, 유명한 학원의 영어 강사 15년을 하셨다. 당시 학원 강사 시절에는 서울의 유명한 대학에 진학하려면 반드시 아버님의 개인 지도를 받아야 할 정도로 정통한 선생님이었다. 시간만 나면 가족들과 외식을 하고, 1980년대 우리나라에 신용카드가 처음 생겼을 때 신용카드를 보유하여 자식들에게도 신용카드를 주며 마음껏 사용하도록 하였으니 가히 그 부의 정도를 짐작하기 어렵다. 인생의 초년과 중년을 최고의 위치에서 남부럽지 않게 보내신 것이다.

그러던 중 50대 중반이 되었을 때 과로로 지병이 생기셨고 학원 강사 생활에 대한 어려움도 많아지면서 모든 것을 정리하고 고향으로 내려가셨다. 넓은 과수원을 경영하면서 편안하게 노년을 지내겠다는 계획이었던 것이다. 그런데 세상이 아버님을 그렇게 가만두지 않았다. 잘생긴 외모와 명석한 두뇌 그리고 의협심까지 갖춘 엘리트 농부를 세상 사람들이 가만히 두지 않은 것이다. 당시 우리나라는 지방자치제도가 시작하지 않았을 때지만 지역 조합장은 선거를 통해 선출하였다. 주변 지인들이 아버님께 지속적이고 강력하게 조합장 선거에 입후보하도록 천거를 하였던 것이다. "일단 입후보만 하면 당선은 떼놓은 당상이니 걱정하지 마라."는 주변 사람들의 사탕발림에 평생 교육자의 길을 걸어온 아버님이 현혹되어버린 것이다. 처음 시작할 때에는 "한 번만 해보고 안 되면 말겠다."고 생각하였으나, 첫 선거에서 당선자와 50표 차이로 낙선하였고 주변 지지자들이 분통을 터뜨리며 "다음에는 꼭 될 수 있다."고 부추기는 바람에 계속하여 도전하게 되었으며, 이후 세 번을 더 고배를 마셔야 했다. 조합장의 임기가 4년이었으니 12년 동안 선거운동만 한 것이다. 과수원은 돌아볼 겨를도 없이 일 년 내내 사람들 만나 밥 사주고 설득하느라 계속 돈만 썼던 것이다.

안타까운 것은 그렇게 많은 돈이 필요한 선거운동을 하려면 충분한 현금 자산을 보유하거나 부동산을 처분하여 충분한 자금을 마련한 후에 했어야 하는데, 우선 돈이 급한 나머지 소유한 부동산을 담보로 농협에서 대출을 받은 것이다. 일정한 수입이 없는 상태에서 계속 대출 이자는 불어나고 이를 갚지 못하게 되자 결국 모든 과수원이 경매로 넘어가 버렸다. 부동산 시세의 30% 정도 받은 대출금을 갚기 위해 부동산을 매물로 내놓았으나 당시 2008년부터 시작된 부동산 침체기였던 관계로 거래가 되지 않았고 이자를 갚기 위해 계속하여 새로운 대출을 받아야 하는 악순환의 고리에 걸린 것이다. 결국 일만 평에 달하는 모든 과수원이 경매로 넘어갔고 두 번의 유찰을 거쳐 시장 가격의 1/3도 안 되는 가격에 낙찰되어 넘어가고 말았다. 그러한 일이 불과 10년 전에 발생 했는데, 현재 가치로 따져보니 대략 400억 원 정도의 엄청난 자산이었다.

이러한 스트레스로 인해 결국 건강이 악화되어 암을 두 번이나 겪게 되셨고 나중에는 병원비조차 부족하여 자식들이 돈을 모아 병원비를 지불하는 상황까지 직면하게 되었다. 이후의 상황은 너무나 안타깝기 때문에 더 이상 기술하지 않겠다. 인생 노년을 너무나 불행하게 보내셨던 것이다.

반대로 다른 아버님은 가난한 시골 농부의 아들로 태어나 어려서부터 고생을 많이 하고 중학교를 졸업한 후, 가정형편 때문에 고등학교 진학을 포기하고 돈을 벌기 위해 부산으로 가야 했다. 10대의 어린 나이에 단칸방을 얻어 살면서 엿 공장에 취직하여 자전거로 엿 배달을 하면서 인생의 쓴맛을 제대로 경험하셨다고 한다. 지금도 이 아버님의 노래방 십팔번은 배호의 '용두산 엘레지'이다. 이후 고향으로 돌아와 농사를 지어 돈을 모았고 이를 바탕으로 아이스크림 가게, 빵가게, 칡 공장 등을 하면서 모두 실패하는 인생의 고통을 경험하셨다고 한다. 아버님의 초년은 너무나 힘겹고 어려운 시기였던 것이다.

중년에 접어들면서 미곡상을 하게 되었고 여기에서 빛을 보기 시작하여 2~3년에 대도시 집을 한 채씩 살 정도로 사업이 번창하였다. 특히 1997년 우리나라가 IMF 구제금융을 받을 때 20%에 가까운 엄청난 금리에도 불구하고 과감히 연금보험에 가입하여 두 분이 각각 65세 되던 해부터 매월 각각 100만 원씩 연금을 수령하고 계신다. 현재 80세의 연세에도 불구하고 사업을 계속하시면서 노익장을 과시하고 계시고 매월 받는 연금은 그대로 적립하여 매년 목돈이 만들어지는 포트폴리오를 구축한 것이다. 이 아버님에게도 50대 중반에 지역 조합장 선거에 출마하라는 권유가 있었다. 당시 미곡상을 통해 많은 부를 축적하고 있었기 때문에 사정을 아는 주변 사람들이 "조합의 발전을 위해서 능력 있는 사람이 조합장을 해야 한다."는 논리로 설득을 했던 것이다. 그러나 아버님은 과감하게 뿌리치고 선거판에는 들어가지 않으셨다. 아버님의 중년은 성공 가도였다고 평가할 수 있다.

노년에는 지역의 각종 행사에 가장 많은 찬조금을 내시고, 시골 장학회가 구성될 때에도 가장 많은 돈을 기탁하여 주변 사람들로부터 칭송을 받고 계신다. 자식들에게도 후한 시아버지이자 할아버지의 면모를 보여주시고 계신다. 평소 집에 며느리와 손자들이 오면 많은 용돈을 주어 방문을 환영해 줌으로써 서로 "할아버지 집에 가고 싶다."고 하는 진풍경을 연출하고 계신다. 아버님의 말년 역시 행복한 인생이라 생각된다.

위에서 설명한 두 분 아버님의 인생이 왜 이렇게 되었을까 곰곰이 생각해 보았다. 앞의 아버님은 재산이 너무 많았기 때문에 재산 관리에 안일하였다. 미래의 지출에 대한 예비자금을 확보하는 포트폴리오를 구성하지 못한 것이다. 반면 뒤의 아버님은 어린 시절부터 겪은 가난과 시련이 몸에 체득되어 평생 값비싼 음식이나 치장을 못하고 오로지 돈을 모아 부를 축적하는 데에만 몰두하셨으며 어느 정도 포트폴리오가 구축된 이후 노년에 비로소 의미 있는 곳에 돈을 사용한 것이다.

나는 여기에서 서로 다른 두 어머님의 역할도 생각해 보았다. 앞에 설명한 아버님의 부인은 당시 그 지역에서 많은 토지를 보유한 부농의 셋째 딸로 태어나 남부럽지 않게 자랐으며 당시 그 지역 최고 부잣집의 최고 신랑감을 만나 결혼하여 아들, 딸 모두 넷을 낳고 행복하게 사셨다. 특이한 점은 어머님은 아버님 일에 대해서 한마디 간섭하지 않고 아버님이 하자는 대로 모든 것을 따르는 순정 아내였다. 가족을 위해 모든 것을 헌신하시며 아버님 몰래 어떤 것도 하지 않고 모든 것을 오픈하며 인생을 사신 너무나 순수하고 착한 분이셨다. 재산이 모두 탕진될 때까지 한마디도 남편을 원망하지 않고 끝까지 순종하셨다. 반대로 뒤에 설명한 아버님의 부인은 완전한 산골 농사짓는 집안 2남 5녀의 둘째 딸로 태어나 가정형편 때문에 초등학교만 졸업하고 집안일을 돕다가 아버님을 만나 결혼하고 아들, 딸 모두 넷을 낳고 역시 행복하게 사셨다. 특이한 점은 아버님이 사업을 시작해서 돈이 부족하고 어려울 때부터 아버님 몰래 사업 자금에서 일부를 숨겼다고 한다. 어머님은 이 돈을 가지고 목돈 마련을 위해 계를 하거나 적금을 가입하였고, 목돈이 만들어지면 대도시의 부동산을 매입하였다. 아버님은 계속 돈을 버는데 집중하였지만 결국 재산은 어머님이 만드셨던 것이다.

이 두 아버지와 어머니 사례를 통해 나는 많은 생각을 하게 되었고 이를 통해 인생을 어떻게 살 것인가 방향을 정할 수 있었다. 또한 두 부모님의 인생이 이 책을 쓰게 된 동기가 되었다.

04

책의 목적과 차별성

이 책을 쓴 목적은 좀 더 많은 사람이 좀 더 어린 나이에 돈에 대한 올바른 생각을 갖고 자신의 미래 특히 노년의 행복을 위해 어려서부터 차근차근 준비할 수 있는 기회를 제공하기 위해서이다. 이 책의 주 대상은 나이가 많은 사람부터 나이 어린 소년까지, 현재 돈이 많은 사람부터 전혀 수입이 없는 사람까지 모든 세대와 계층에 참고가 되었으면 한다. 현재 돈이 많은 사람은 많은 돈의 일부를 당장 금융 소득이 발생하는 자산에 투자할 것을 권유하고, 일정한 직업이 없는 사람도 지금 발생된 일일 단위 수입의 일부를 반드시 투자를 하기 위한 종잣돈을 마련하는데 적립하기를 권유한다. 가급적 나이가 어릴수록 좋고 현재 가진 것이 많지 않을 때, 순수하고 정직하게 내 노력의 결과물을 가지고 미래를 설계할 수 있는 좋은 지침서가 될 수 있을 것이라 생각한다. 간혹 여기에서 제시한 내용보다 훨씬 더 나은 금융지식 또는 회계에 대한 지식을 가지고 있는 분들도 있을 것이다. 이런 부분에서는 다소 미흡하지만 넓은 의미에서 폭넓게 이해하고 양해를 바라는 마음이다.

우리 주위에는 재테크에 관련된 자료와 책 그리고 각종 강의 자료들이 많다. 이러한 자료들은 대부분 "지금 당장 어디에 투자하여 어떻게 운영을 해야 돈을 많이 벌 수 있다."라고 하는 단순한 부의 확장 또는 부의 축적에 초점이 맞춰져 있다. 그러나 이 책은 '어떻게 해야 돈을 많이 쉽게 벌 수 있다.'라고 하는 지식에는 일부를 할애하고, 대부분의 지면은 '인생을 살아가는 한 인간이 어려서부터 어떻게 돈을 만들어 관리하고 운영해야, 노후에 내가 직장에 나가지 않고 노동을 하지 않고도 저절로 돈이 나를 위해 일할 수 있게 할 것인가.'를 만들어가는 방법을 제시하는 내용이다. 따라서 여기에서 제시한 내용들을 하나하나 잘 이해하고 거기에 필요한 금융지식과 회계 관련 지식을 축적하여 실천함으로써 인생의 중반 이후에는 직장에서 은퇴하기 이전에 저절로 돈이 나를 위해 일할 수 있는 시스템을 만들어 돈 걱정 없는 편안한 노후를 준비하기 바란다.

05

부자에 대한 전문가의 의견

박성준 교수는 '목욕탕에서 만난 백만장자의 부자 이야기'에서 부자들의 특징을 독특한 관점에서 제시하였다. 예를 들면 목욕탕에서 부자 구별법으로 부자는 자기 것이 아니더라도 항상 아껴 쓴다고 했다. 부자는 참고 인내한 후에 소비하지만, 가난한 사람은 바로 소비하며 부자가 되려면 가난한 사람들의 반복되는 패턴과 단절해야 한다고 하였고 돈에 관한 전문가들과 어울려야 한다고 강조하였다. 또한 부자들은 신문을 통해서 매일 새롭게 돈 버는 방법과 돈을 불리는 방법 그리고 돈을 지키는 방법들에 관한 정보를 얻는다고 했다. 구체적인 정보로는 돈의 흐름을 좌우하는 정부의 정책을 파악하고 돈의 흐름과 유행을 전하는 시장의 반응을 파악하며 돈을 유혹하는 광고를 파악하라고도 했다.

또한 일회적 소득(노동을 기초한 소득)과 반복적 소득[무노동소득, 불로소득(은행이자, 주식, 임대료)] 중 일회적 소득만으로는 절대 부자가 될 수 없으며, 돈을 버는 장소나 돈을 버는 시간에 꼭 내가 있어야만 돈을 벌 수 있다면 절대로 부자가 될 수 없고 돈을 버는 시간이나 장소에 내가 없더라도 돈이 들어오는 순간부터 부자가 된다고 하였다. 부자와 가난한 사람의 차이를 비교하면서 만약 내일 아침 전 국민의 전 재산을 몰수하여 전 국민에게 1인당 1억 원씩 공평하게 나눠준다면, 부자는 기회를 탐색하고 새로운 출발을 하지만 가난한 사람은 그동안 해보지 못했던 것을 하느라 돈을 써버리기 때문에 부자는 다시 부유해지지만 가난한 자는 다시 가난해진다고 하였다.

백만장자의 공통점 11가지를 제시하였는데 그 내용은 아래와 같다.

① 45세 이전에 부자가 되었다.

② 스스로의 힘으로 부자가 되었다.

③ 신용카드를 사용하지 않는다.

④ 백만장자들은 공부를 못했다.

⑤ 부자들 옆에는 머니 멘토가 있다.

⑥ 부자들은 엄청난 독서광이다.

⑦ 부자들은 사치를 하지 않는다.

⑧ 남들이 보지 못한 기회를 이용했다.

⑨ 부동산으로 부자가 되었다.

⑩ 부자의 꿈을 절대 포기하지 않았다.

⑪ 부부는 각자의 주머니를 가지고 있다.

부자가 되기 위한 구체적인 투자지침도 제시하였는데 그 내용은 아래와 같다.

① 무조건 남들과 다르게 해야 한다. ② 투자를 결정했으면 과감하게 투자하라. ③ 한 번 투자했다면 아무 생각 없이 3~5년을 버텨야 한다. ④ 투자 대상을 고려할 때 항상 부자들을 관찰하라. ⑤ 투자 대상이 선정되지 않았을 때는 투자하지 않고 바라보는 것도 투자다.

'부자 아빠 가난한 아빠'의 저자 로버트 기요사키는 직업을 아래 4가지로 분류하고 ①, ②를 ③, ④로 바꾸는 것이 20~50대에 해야 할 일이며, 특히 ④는 어려서 시작할수록 유리하다고 했다.

① e-employed : 고용된 노동자, 대다수 일반직장인, 무노동 무임금 ② s-selfemployed : 자영업자, 소득은 높으나 일을 안 하면 돈이 안 나옴 ③ b-big business : 사업가, 돈 나오는 시스템을 운영하거나 소유 ④ i-investor : 투자자, 돈이 돈을 버는 시스템을 갖고 있는 사람 주식배당, 건물주, 로열티 받는 작곡가 등

한동철 교수는 '부자도 모르는 부자학개론'에서 부자란 '정신적으로 자신이 하고 싶은 일을 하고, 물질적으로 그 일을 할 수 있을 정도의 여유가 있고, 사회적으로 자신이 하는 일을 통해 인정받는 사람'이

라 정의하고 부자는 하루 24시간 중 눈을 뜨고 있는 17시간 정도를 부자가 되겠다는 '부자의 관점'에서 생활하지만 일반인은 1시간 정도만 그렇게 한다고 했다. 또한 부자가 되려면 우선 구체적인 목표를 세워야 하는데, 한 교수의 강의를 들은 어느 대학생은 졸업 때까지 아르바이트로 돈을 벌어 아파트를 하나 사겠다는 목표를 세우고 열심히 생활하였는데 실제로 3학년 말엔 8,000만 원을 모았다고 한다.

국내외 부자 수천 명을 살펴보니 부자가 된 방법은 6가지가 있었다고 하며, 확률별로 따지면 ①장사(60%) ②절약(30%) ③정보(6%) ④출생(2%) ⑤결혼(1%) ⑥행운(1% 미만) 등의 순으로 나타났다고 한다. 미국의 경우 부자의 90% 정도가 편의점, 슈퍼마켓, 주유소, 술집 등을 경영해 돈을 번 것으로 분석됐다고 한다.

부자들의 습관도 제시하였는데 공격적 습관으로는 ①2배 힘든 상황에 자신을 밀어 넣는다 ②일에 미친다 ③성공 확률이 낮은 일에 도전한다 등이며, 수비적 습관으로는 ①안전제일 ②돈 세는 것이 취미 ③철저하게 자신을 통제한다 등이다. 한 교수는 경제발전의 원동력은 '부자 되고 싶은 마음'에서 비롯된다고 주장한다. 하지만 이기적인 부자들만 있게 되면 행복한 사회가 이뤄지기 힘들기 때문에 사회발전의 원동력은 '나누어 주고 싶은 마음'에 있다고 하고 부자의 '노블레스 오블리주'를 강조하였다.

06

.... 왜 부자가 되지 못하는가?

최근 우리나라의 젊은이들 사이에서 삼포 또는 오포 현상이라고 하여 아무리 노력해도 직업을 갖지 못함에 따라 직업을 포기하고, 결혼도 포기하고, 자식도 포기하고 인생도 포기하는 자포자기 현상이 사회 문제가 되고 있다. 그런데 이것은 직업 교육이 잘못 되었기 때문에 이런 현상이 발생하였다고 생각한다. 왜냐하면 오로지 공부만 열심히 해서 좋은 회사나 공무원이 되어야만 안정되고 윤택한 삶을 살 수 있다고 생각이 고착되어 모든 사람이 똑같은 방법으로 살려고 하기 때문인 것이다. 만약 이들이 어려서부터 직업에 귀천이 없고 어떤 직업을 갖거나 월급을 얼마만큼 받는 것이 중요한 게 아니고 얼마나 알뜰하게 저축을 해서 목돈을 마련하고 꾸준히 투자를 하여 부를 창출하는 방법을 배웠더라면 굳이 좋은 회사나 공무원이 아니더라도 충분히 행복한 인생을 살 수 있을 것이다.

지금 당장 정규직이 아니더라도 아르바이트나 임시직에 들어가서 그날 그날 번 수익의 일부를 저축하여 목돈을 만들고 금융소득을 만들어 낼 수 있는 곳에 투자하는 습관을 길러 줬더라면 무슨 일을 해서든지 살아갈 수 있다는 자신감을 가질 수 있었을 것이다. 대기업에 취직하기 위해, 공무원이 되기 위해 수년간 머리를 싸매고 공부하느라 젊음을 허비하는 젊은이들이 더 이상 있어서는 안 되겠다.

직업을 갖고 정상적인 직장 생활을 하고 있는 젊은 부부들의 삶도 그렇게 바람직해 보이지 않는다. 지금 당장 좋은 차를 타고 좋은 집에 살기 위해 빚을 내서라도 실행하는 모습을 보았을 때 이들은 결국 죽을 때까지 빚쟁이 생활, 할부인생으로 살게 뻔하기 때문이다. 크고 비싼 집은 우리에게 너무 많은 부담을 준다. 일단 은행 대출금이 많기 때문에 대출금 이자와 원금을 상환하기 위해 수입의 대부분을 지출해야 하고 그 집을 아름답게 꾸미기 위해 소파를 하나 사더라도 3~4인용이 아닌 6인용 이상을 사야 하며, 식탁을 사더라도 큰 것으로 사야 하고 TV도 작으면 보이지 않기 때문에 큰 것으로 사야 하는 등 이러한 비용들이 훨씬 더 많이 소비되며 집 평수에 따라서 관리비도 더 많이 들어가게 되고 특히 주택이라면 주택을 유지하기 위한 노력과 비용들이 기하급수적으로 많아지게 된다. 한 주택 전문가는 '인간이 살아가는데 적정한 아파트 평수는 그 아파트에 거주하는 사람들의 나이를 더한 것'이라고 한다. 50세의 아버지와 45세의 어머니 그리고 20세의 딸이 사는 집은 50+45+20=115㎡ 대략 35평 정도의 집이 가장 적당한 크기라고 한다. 30세 전후의 신혼부부가 살기에는 60㎡, 20평 내외면 충분한 것이다. 집이 너무 크면 가족 간의 거리가 멀어지기 때문에 서로 무관심하게 되고 화목해지기 어렵다고 한다. 집이 좁으면 다소 스트레스를 받을지언정 가족 간의 정이 더 돈독해진다는 것이 정설이다. 집은 자기의 경제적 능력에 맞는 곳에 살 것을 권장한다.

자동차도 마찬가지다. 자동차는 공장에서 출고하여 등록하고 번호판을 붙이는 순간 감가상각비가 최고에 달한다. 적게는 10%에서 많게는 30%까지 번호판을 붙이는 순간 하락하게 된다. 다시 말하면 굳이 새 차를 살 필요가 없고 새 차 같은 중고차를 사면 된다. 차는 더 이상 사치품이 아니고 내가 새 차를 뽑았다고 해서 누구도 알아봐 주지 않는다. 차는 내가 몰고 다니는데 적당하고 안전하며 경제적인 차를 선택해야 한다. 작은 차일수록 연비도 좋고 수리비도 적게 나온다. 우리나라보다 훨씬 선진국인 일본이나 유럽을 다녀보면 모두들 작은 차를 운행하고 다니는데 우리나라는 유독 대형차, 외제차, RV, SUV를 선호한다. 분수에 맞지 않는 할부 차나 리스 차를 구매하는 것은 말리고 싶다.

최근 우리 사회는 일명 YOLO[5] 열풍이 불고 있다. 어차피 한 번 뿐인 인생 미래에 대한 준비나 희생보다는 현재의 행복을 위해 마음껏

5) YOLO : '인생은 한 번 뿐이다.'를 뜻하는 You Only Live Once의 앞 글자를 딴 용어로 현재 자신의 행복을 가장 중시하여 소비하는 태도를 말한다. 미래 또는 남을 위해 희생하지 않고 현재의 행복을 위해 소비하는 라이프스타일이다. [시사상식사전]

소비하겠다는 풍토를 말한다. 나는 이러한 생활의 끝이 어떻게 될지는 불을 보듯 자명하다고 생각한다. 이러한 무책임하고 준비성 없는 인생보다는 여기에서 제시한 여러 가지 내용들을 잘 숙지하여 죽는 순간까지 풍요롭고 후회 없는 부자 인생이 되길 기원한다.

얼마 전 유명한 방송인이자 강사인 김미경 씨가 인터넷 방송을 통해 자신의 주변 친구들에 관한 이야기를 한 적이 있는데 시사하는 바가 있어 여기에 기술하고자 한다. 50대 중반 퇴직을 앞둔 대부분의 샐러리맨이나 공무원들은 가장 큰 근심 또는 가장 큰 행복이 자식에 달려 있다고 한다. 자식이 취직을 해서 독립을 한 부모는 행복하고 홀가분한 반면, 계속 공부를 하겠다고 하는 자식을 둔 부모는 가장 불안하고 또 압박감으로 다가온다고 한다. 평생 자식 뒷바라지 하면서 인생을 살아 왔고 직장생활을 했는데 아직도 자식이 더 공부를 하겠다고 하면 더 이상 어떻게 뒷바라지 할 것인지, 내가 지금 가지고 있는 얼마 되지 않는 재산마저 결국 소모하게 되면 인생의 노년기가 불안해 질 수밖에 없는 상황이라는 것이다. 노년기에 접어들기 전에 반드시 해결해야 할 요소 중에 하나는 자식의 독립인 것이다. 특히 미래에는 직업이나 학벌에 귀천이 없기 때문에 좋은 대학, 좋은 대학원, 좋은 학문적 지식을 쌓는다고 하는 것은 자칫 사상누각에 불과할 수 있다는 것이다. 학벌이 그 사람의 능력과 그 사람의 지위를 포장해 주던 시대는 완전히 끝났다. 최고 88%에 달하던 고등학교 졸업자 대학 진학률이 최근 67%까지 하락하였다는 뉴스가 있다. 대학을 나와도 장래에 취직하거나 직장을 얻는데 특별한 메리트가 없을 바에는 굳이 대학을 가지 않고 고등학교 졸업 후 우선 취직을 한 다음에 대학은 야간이나 방송통신과정으로 수료한다는 것이다. 오히려 기회가 있을 때 회사나 직장에서 보내주는 장학생 과정이나 유학 과정을 자신의 노력 여하에 따라 얼마든지 보충할 수 있다고 한다. 고등학교를 졸업하고 직장에 다니다가 야간대학을 졸업하고 회사에서 석사 과정을 위해 외국으로 보내 주는 사례를 우리는 주변에서 많이 볼 수 있다. 그 사람이 어느 대학을 나왔는지 어느 고등학교를 나왔는지는 아무런 문제가 되지 않는다.

제2장 누가 작은 부자인가?

1. 세대별 성공의 기준
2. 20대 부자 H대 학생 Y군
3. 30대 부자 노 대표님
4. 40대 부자 서 사장님
5. 50대 부자 H 대표님
6. 60대 부자 장 회장님
7. 70대 부자 예비역 상사 A씨
8. 80대 부자 양 사장님
9. 50대가 되어서도 많은 빚에 쪼들리는 J씨

세대별로 성공의 기준이 다르고 평생 동안 부자로 살기는 어렵다.

물려받은 재산이 많은 사람보다 자수성가한 사람이 재산을 잘 지킨다.

이 세상에 공짜는 없다.

01

세대별 성공의 기준

2010년 미국의 유명한 미래학자 조지 프리드만(George Friedman)이 저술한 "100년 후(Next 100 years)"에는 몇 가지 미래에 대한 시사점이 들어 있다. 먼저 1970년대 이후 출생률 저하와 함께 노동 현장에 진입하는 나이가 늦어지면서 은퇴자 대비 노동자의 숫자가 줄게 되며 2010년대까지 심화된다. 또한 은퇴자들은 자신이 소유한 주택 자산과 은퇴 펀드(연금)에 의존하여 높은 소비수준을 유지하게 되며 노동력은 감소하는데 비해 은퇴자들의 재화와 서비스에 대한 수요는 유지하게 됨에 따라 노동력의 가격은 치솟을 수밖에 없고 더불어 인플레이션이 발생함에 따라 은퇴자들의 자산은 조기에 고갈시킬 것이다. 이때 은퇴자들은 두 가지 그룹으로 나뉘는데 하나는 주택과 연금 등 자산을 충분히 소유하여 이러한 자산을 처분하면서 노년을 윤택하게 보내는 그룹이고, 두 번째는 특별한 자산이 없는 그룹으로써 비참한 가난 속으로 내몰릴 것이라고 예측하였다.

추가적으로 2020년 이후 유망 직종으로 의사, 가사도우미 등 노령화 인구를 지원할 수 있는 노동자들과, 장기적으로 나타날 인력난을 해소하기 위해 생산성을 높이는 기술을 발전시킬 사람들로서 자연과학자, 공학자, 보건 분야 전문가, 육체노동자 등을 전망하였다. 이러한 현상은 가까운 일본에서 이미 나타나고 있는 현상들로써 노동자의 임금이 상승하여 택배물품을 보내는데 기본요금이 2,500원에서 4,000원으로 상승하였다고 2018년 초에 뉴스에서 대대적으로 보도한 바 있다. 우리나라도 점차 고령사회로 진입하고 있다. 노년에 비참한 가난 속으로 내몰리지 않기 위해 젊은 시절부터 미래에 대한 준비를 꼼꼼히 해야 할 것이다.

인생을 살다보면 나이대별로 당시에 절실하게 필요한 돈의 쓰임새가 있다. 누구에게나 꼭 필요한 '씀씀이'라는 표현이 적절하겠다.

구분	돈의 주요 쓰임새
20대	용돈
30대	결혼 자금
40대	내 집 마련을 위한 자금
50대	자녀 교육비
60대	자녀 결혼 및 정착 지원
70대	자녀와 손자들 용돈
80대	의료비

[나이대별 돈의 주요 쓰임새]

위 표는 나이대별로 절실하게 필요한 돈의 주요 쓰임새를 정리한 표이다. 물론 개인별 직업과 자신의 경제 상황에 따라 개인차가 있을 것이기 때문에 이 표를 일반화하기에는 다소 무리가 있을 것이다. 우리가 인생을 살면서 일반적으로 목돈이 소요되는 경우를 나이대별로 구분해 놓았다고 이해하면 될 것이다.

우리는 나이대별로 성공의 기준이 달라진다고 알고 있다. 아래 표는 나이대별 성공의 기준을 정리한 내용이다.

구분	성공의 기준
10대	공부(성적) 잘하는 사람
20대	좋은 대학에 다니는 사람
30대	좋은 직장에 취직한 사람
40대	돈을 많이 보유한 사람
50대	자녀가 좋은 대학 진학, 자녀가 좋은 직장 취직
60대	아직도 직장 생활을 하거나 성공한 사업가
70대	조강지처가 밥 해주는 사람
80대	아직도 건강한 사람
90대	아직도 기억해 주는 사람이 있는 사람
100대	살아있는 사람

[나이대별 성공의 기준]

나이대별 성공의 기준은 주장하는 사람에 따라 다소 차이가 있지만 일반적으로 10대에는 공부를 잘하는 것이 성공한 것이고, 20대에는 좋은 대학에 다니는 것이 성공이며, 30대에는 좋은 직장에 다니는 것이, 40대에는 돈을 많이 갖고 있는 것이, 50대에는 자식이 좋은 대학에 다니고 좋은 직장에 다니는 사람이, 60대에는 아직도 직장에 다니는 사람이, 70대는 아직도 조강지처가 밥을 해주는 사람이, 80대는 건강한 사람이, 90대에는 아직도 잊지 않고 전화해 주는 사람이 있는 사람이 그리고 100대에는 아직도 살아 있는 사람이 성공한 인생이라고 한다.

그런데 부자가 되면 이러한 성공요인들을 달성하는데 유리한 입장에 서게 된다는 것을 우리는 인정하지 않을 수 없다. 즉 10대에 부모가 부자이면 좋은 과외 선생님과 좋은 학원에 다닐 수 있어 훨씬 더 공부를 잘할 가능성이 크고, 20대에 자신이 부자이거나 부자인 부모를 둔 사람이 10대에 공부를 잘하여 좋은 대학에 들어갈 가능성이 더 크다. 30대에는 자신이 부자이면 사전에 준비할 기회가 충분하고 또 부유한 부모의 도움으로 좋은 직장 그리고 마음에 드는 직장을 가질 가능성이 크며, 40대에는 돈이 많은 사람이 성공의 조건이기 때문에 역시 부자인 사람은 이미 성공을 한 것이다. 50대에는 자식이 좋은 대학, 좋은 직장에 다니는 사람이 성공한 인생이라고 했는데 자식을 10대부터 좋은 학원과 좋은 과외를 제대로 시키면 당연히 공부를 잘하여 좋은 대학에 갈 가능성이 크고 좋은 대학을 졸업하면 좋은 직장에 취직할 가능성이 크기 때문에 부자가 50대에도 성공할 가능성이 더 크다고 하겠다. 60대에는 아직도 직장에 다니는 사람이 성공한 인생이라고 했는데, 본인 돈이 많고 저절로 수익이 창출되고 있다면 굳이 직장에 다니지 않아도 성공한 인생이라고 하겠다. 70대에 아직도 조강지처가 있는 경우는 남편이 부유하고 또 남편이 가진 것이 많으면 부부가 쉽게 이별할 가능성은 많지 않다고 할 수 있다. 그리고 80

대에 돈이 많으면 좋은 약과 좋은 영양제를 섭취하고 꾸준히 자기관리를 하기 때문에 건강할 가능성이 더 크다. 90대에는 아직도 잊지 않고 전화해 주는 사람이 많은 것은 역시 돈을 많이 가진 사람에게는 자식들이나 친구들이 많이 따르기 때문에 역시 성공적인 인생이 될 가능성이 더 크다. 마지막으로 100대의 살아있는 인생을 위해 평생 많은 돈을 투자하여 자기관리를 철저히 한 경우 살아있을 가능성이 훨씬 더 크다.

한 번 사는 인생, 누구나 성공적인 삶을 꿈꾸며 산다. 부자인 부모에게 태어나 평생 부유하게 사는 사람은 많지 않을 것이다. 그러나 세대별 성공기준을 살펴보면 그렇게 어려워 보이지는 않는다. 지금 당장 현재 나의 위치와 상태를 진단하고 최소 10년 후 성공적인 삶을 위해 지금 무엇을 해야 하는지 생각해보자.

세대별 성공한 사람의 기준과 함께 다음 두 가지의 사례를 가지고 여러분들의 의견을 묻고자 한다.

먼저 젊은 청년이 무더운 여름에 유명한 호텔 로비에 반바지와 슬리퍼 차림으로 들어가려 하면 호텔 관계자가 어떻게 할까? 대부분의 경우 '날도 덥고 하니 시원한 패션이구나.'라고 생각하고 힐끗 보면서 모른 척 고개를 숙이며 "어서 오십시오."라고 할 것이다. 그런데 만약 7-80대 노인이 똑같은 복장으로 호텔 로비에 들어가려 하면 호텔 관계자가 어떻게 할까? 분명히 호텔 관계자는 보는 순간 반사적으로 달려가 "할아버지, 여기 들어오시면 안 됩니다."하고 그 노인을 거지 취급하며 쫓아낼 것이다. 반대로 20대 청년이 화려한 고급 명품 양복에 명품 구두와 시계, 선글라스를 끼고 유명한 호텔 로비에 들어서면, 주변 사람들의 반응은 어떨까? 대부분의 경우 "누구지? 재벌 2세인가? 연예인인가?"라고 하면서 시샘 어린 눈빛으로 바라볼 것이다. 그런데 만약 70-80대 노인이 똑같이 명품 양복에 명품 구두와 시계, 선글라스를 끼고 호텔 로비에 들어서면, 모두들 "우와! 멋진 할아버지다. 인생을 참 잘 사신 분인가 보다."라고 부러워하며 시선을 떼지 못할 것이다.

이 두 사례를 보고 여러분은 젊어서 부자가 되고 싶은가, 아니면 늙어서 부자가 되고 싶은가? 모두들 젊어서도 부자, 늙어서도 부자가 되고 싶다고 대답할 것이다. 그런데 우리 주변에 젊어서도 부자였고, 70-80대에도 그렇게 부를 유지한 사람이 과연 얼마나 될까? 아마 특별한 재벌 2세나 돈 관리를 잘 한 유명 연예인, 운동선수 몇 명 정도에 불과하다. 재벌 2세들도 젊었을 때 마음껏 사치할 수 있도록 방종하며 자식을 교육하는 부모는 없으며, 만약 그렇게 성장한 경우 그 끝이 참담한 사례를 우리는 매스컴을 통해 많이 볼 수 있다. 오히려 대부분의 재벌들은 자식들이 성인이 되었을 때 더 그룹을 발전시키고 성장시킬 수 있는 훌륭한 인재로 만들기 위해 철저히 통제하고 교육시키는데 최선을 다한다.

그렇다면 젊어서도 부자였고 늙어서도 부자인 경우를 제외하고,

젊어서 부자와 늙어서 부자 중 한 가지를 택하라면 여러분은 어떤 것을 선택하겠는가? 당연히 젊어서는 비록 풍족하게 살지 못하더라도 나이 들어 부자가 되는 것을 선택할 것이다. 여러분뿐만 아니라 현재 노인이 되어 있는 수많은 사람들도 젊었을 때에는 똑같은 생각을 했을 것이다. 젊었을 때 자신이 노인이 되어서 가난한 사람이 되어 있을 것이라고 상상한 사람은 한 사람도 없을 것이다. 그러나 현실은 참담한 실정이다. 2018년 5월 발표된 통계에 의하면 우리나라 전 국민 중 월수입이 최저인 극빈층(하위 10%)의 월 소득은 84만 원 수준이며, 이들의 대부분이 노인들이고 70세 이상 노인들 중 최저극빈층에 해당하는 사람이 45%라는 놀라운 숫자를 우리는 인정하지 않을 수 없다. 젊어서 한가락 했던 수많은 사람들도 돈 관리를 제대로 하지 못해 노인이 되었을 때 최저극빈층으로 전락하여 정부로부터 보조금을 받아 생활하는 사람이 무려 45%라는 것이다.

이러한 통계가 지속된다면 우리나라의 모든 사람 중 45%는 70세 이후 노인이 되었을 때 최저극빈층으로 전락한다는 사실을 예측할 수 있다. 당신이 이러한 최저극빈층으로 전락되지 않으려면 지금 어떻게 해야 할 것인가 진지하게 고민할 필요가 있다. 당연히 한 살이라도 젊었을 때 돈을 모으고 모은 돈을 잘 관리하여 노인이 되었을 때는 특별히 노동을 하지 않아도 고정적으로 수입이 들어올 수 있도록 미리미리 준비해야 할 것이다.

지금 당신의 월수입은 얼마인가? 그중 얼마나 저축하고 있는가?

아니면 씀씀이를 얼마나 절약하고 있는가? 지금 당신의 실천이 70세 이후 노인이 된 당신의 미래를 결정할 것이다. 우선 자신의 가치를 극대화시켜 단위 시간 당 수입이 최대가 될 수 있도록 부단히 노력해야 하고, 내 호주머니로 들어 온 수입은 절대 빠져나가지 못하도록 지출을 최소화해야 할 것이다. 아울러 젊어서부터 안정적이고 수익률이 높은 투자 상품을 선별하여 틈틈이 투자를 하고, 모여진 돈의 액수에 따라 적절한 투자 상품으로 변경하기 위해 부단히 연구하고 실천해야 할 것이다.

이 장에서는 나이대별 성공의 기준을 제시하고 그러한 기준에 맞춰 어떻게 해야 하는지 방향을 제시하고자 한다. 그러기 위해서 먼저 세대별 성공의 기준을 달성하고 부자가 된 사람들의 사례를 제시해 보고자 한다. 여기에서 제시된 부자들은 대부분 작은 부자들이다. 본인 스스로 열심히 노력하여 자수성가한 부자들의 사례를 통해 여러분도 부자가 될 수 있는 좋은 동기 부여가 되었으면 한다.

02

20대 부자 H대 학생 Y군

20대에 가장 큰 씀씀이는 용돈 – 먹고 싶은 음식, 입고 싶은 옷, 갖고 싶은 물건, 하고 싶은 행동에 지출하기 위한 것 – 이다. 또한 20대 대학생의 성공 기준은 '좋은 대학에 다니는 사람'이라고 하였다. 이러한 씀씀이와 성공 기준을 고려하여 20대 부자는 좋은 대학에 다니면서 부모의 경제적 지원을 최소한으로 받고 스스로 용돈을 벌어서 생활하되 공부도 잘하여 장학금을 받으면서 생활하고 있는 멋진 대학생 한 명을 소개하고자 한다.

Y군은 1994년에 공무원인 아버지의 장남으로 태어나 어려서부터 일정한 곳에 정착하지 못하고 전국을 돌아다니며 초등학교 3곳, 중학교 2곳, 고등학교 1곳을 다녔다. 당연히 이사를 가자마자 제일 먼저

친구를 사귀기 위해 자신을 낮추어야 했고 새로운 친구를 위해 모든 것을 양보하는 습성이 몸에 밸 수밖에 없는 어린 시절을 보냈다. 그러한 이유인지는 모르지만 초등학교 때까지 공부도 잘하고 모범적이었던 학생에게 사춘기는 갑작스럽게 중학교에 입학하자마자 찾아왔고 이후 약 10년 동안 공부를 등한시하고 방황하면서 청소년기를 보냈다. 심지어 어렵게 입학한 대학 1학년 때에는 얼마나 공부를 등한시 했는지 1학기 때에는 거의 학사경고, 2학기 때에는 F학점 두 과목에 학사경고를 받아 지도교수가 부모님께 전화하여 조심스럽게 군 입대를 권유하는 초유의 사태를 맞게 되었다.

Y군이 갑자기 변하기 시작한 것은 군 복무 중이었다. 육군 모 사단 신병교육대대 조교 임무를 수행하던 Y군은 수많은 신병들을 접하면서 자신이 얼마나 건강하고 혜택 받은 어린 시절을 보냈는지 비로소 알게 되었다면서 갑자기 책임감 있고 성실한 조교로 성장하였다. 그 결과 군 복무 2년차 때는 신병교육대대 조교 50여 명 중 최우수조교로 전·후반기 연속 선정되는 기염을 토하기도 하였고 전역하는 날 대대 전 간부들의 배웅과 동료 조교들의 헹가래를 받고 눈물을 흘리면서 전역하였다. Y군 말에 의하면 "인생을 살면서 가장 고생하였고 열심히 하였으며 가장 의미 있는 시간이었다."고 했다.

군 복무를 마치고 대학 2학년에 복학한 Y군은 완전히 달라져 있었다. 먼저 고등학교 3년, 대학 1년, 군 생활 2년 총 6년간의 기숙사(집단) 생활을 벗어나고 싶어 하는 간절한 바람을 알아차린 부모님은 Y

군을 위해 대학 주변에서 가장 최근에 지은 새 원룸을 얻어주어 학습 환경을 확보해 주었다. 대신 매학기 학점을 3.0 이상 받는다는 조건을 내세웠다. 입대 전 매일 수업에 지각하고 나태했던 Y군이 이제는 수업 시간에 가장 먼저 강의실에 도착하여 맨 앞자리를 선점하였고 매 시간 교수님과 눈을 맞추며 수업에 집중하기 시작했다. 그 결과 2학년 1학기 3.08, 2학기 3.30, 3학년 1학기 3.68, 2학기 3.98, 4학년 1학기 4.08을 획득하였으며 3학년부터는 성적장학금을 받기 시작했다. 1학년 때의 모습과는 전혀 다른 자세로 대학 생활을 하였고 주위 동료들에게 모범이 되는 학생으로 변모하였다.

고등학교 3학년 수학능력시험을 마치고 대학에 입학하기 전까지 아버지의 권유로 대형마트 과일 판매코너에서 아르바이트를 시작한 Y군은 이후 대학 생활을 하면서도 막노동, 임대아파트 싱크대 교체, 커피숍 바리스타, 편의점 캐셔, 고등학생 수학 개인 과외, 하급생 물리과목 튜터, 아프리카 TV 진행자 등 다양한 분야의 아르바이트를 하였고, 3학년 여름방학 때는 아버지로부터 돈을 빌려 서울 동대문시장에서 액세서리를 도매로 구매하여 젊은이들이 운집한 곳에서 노점상을 하여 두 달 동안 수백만 원의 수익을 얻는 단계에까지 올라가게 되었다. 그다음 해 연말정산 시 아버지가 Y군의 신용카드 사용액을 보고 깜짝 놀랐다고 한다. 지난 1년 간 부모님이 준 용돈은 총 600만 원 정도였는데 카드 사용액이 무려 1,600만 원, 현금 사용액이 수백만 원이었으니 1년간 Y군 스스로 벌어들인 수입이 얼마였는지 가늠하기 어려웠다고 한다.

이렇게 바쁜 일정 속에서도 평소 스포츠를 좋아한 Y군은 대학 내 축구 동아리를 만들어 최소 주 2회 이상 축구 경기를 하기도 하고, 대학 내에서 일명 '퀸카'로 소문난 여학생과 사귀며 주위 동급생들의 부러움을 한몸에 받기도 하였다. 최근에는 공과대학 졸업반으로서 만든 졸업 작품 기획안이 학과 대표 작품으로 선정되어 모 자동차 부품 회사와 산학 공동연구로 진보된 자동차용 부품을 만들기 위해 매일 밤을 지새우고 있었다.

최근 Y군을 만나 인터뷰를 하면서 나는 기분 좋은 경험을 하였다. 왜냐하면 요즈음 대학생들은 한결같이 공무원이나 대기업 사원이 되기만을 고대하고 공부를 하고 있는데 Y군의 포부가 남달랐기 때문이다. Y군은 지금 당장 대학을 그만두고 개인 사업을 하고 싶다고 한다. 다만 대학 졸업장을 필수적인 요소로 생각하는 대한민국의 사회 풍토와 부모님의 바람 때문에 대학을 다니는 것이며 대학을 졸업하면, 곧바로 미국으로 가서 어학연수 겸 세계 중심의 트렌드를 공부한 다음 바로 사업을 하겠다고 한다. 젊은이의 고유 특권은 실패를 두려워하지 않는 패기와 반드시 성공할 수 있다는 자신감일 것이다. 최근 우리 사회 젊은이들이 점차 잃어가고 있는 패기와 자신감을 Y군을 통해 확인할 수 있었다.

03

30대 부자 노 대표님

30대에 가장 큰 씀씀이는 결혼자금이고의 성공 기준은 '좋은 직장에 다니는 것'이라 하였다. 이러한 씀씀이와 성공 기준을 고려하여 30대 부자는 대학 졸업 후 ROTC 장교로 군 복무를 마친 후, 대기업에 다니다가 과감히 사표를 제출하고 미국으로 건너가 3년간 공부를 한 후 한국으로 돌아와 '인터넷 영어교육' 회사를 설립하여 성공한 노 대표를 소개하고자 한다.

노 대표는 원래 전북 남원에서 건설업을 하시는 건설업자의 장남으로 태어났다. 초등학교 때 서울로 이사를 한 부모님을 따라 상경하여 서울에서 초, 중, 고, 대학교를 졸업한 노 대표는 대학생활 동안 ROTC 교육을 받고 장교로 임관할 수 있었다.

장교로 임관하여 강원도 모 부대에서 소대장 임무를 수행하던 노 소위는 독특한 일화들이 몇 가지 있다. 먼저 노 소위는 부임하자마자 부대 인근 초등학교 앞에 있는 피아노 학원에 등록하여 피아노 교습을 받았다. 각종 훈련과 당직근무 등으로 한 달에 갈 수 있는 날이 10여 일에 불과했지만 어떻게든 시간을 쪼개서 학원을 가려고 했다. 또한 노 소위의 사무실과 숙소 책상에는 독특한 것이 있었다. 항상 책상 위에 조금 전에 읽은 듯한 책들이 펼쳐져 있었다. 주위 사람들이 "읽을 시간이 없을 텐데 뭐 하러 이렇게 펴놓느냐."고 하면 "앉는 순간 시선이 가도록 하기 위해 펴놓는다."고 하며 웃어 보였다. 심지어 숙소 책상 밑에는 긴 와인 병이 두 개 바닥에 놓여 있었는데 그것은 "퇴근하여 책을 보면 금방 졸음이 오기 때문에 졸지 않으려고 와인 병 위에 올라서서 책을 읽는다."고 하였다. 노 소위는 동료 소대장들에 비해 특별히 운동을 잘하거나 특별한 리더십을 보유하지 않아보였다. 그러나 노 소위는 소대원 한 명 한 명을 지극 정성으로 지휘 통솔하여 전 소대원의 마음을 얻는데 성공하였고 그 결과 대대 전 소대대항 전투력 측정에서 최우수소대가 되는 기염을 토하기도 하였다. 그리고 정말 독특한 일화는 전역하기 전 날의 일이다. 당시 우리나라 육군은 관례적으로 전역을 앞둔 고참 소대장들을 예우하는 차원에서 마지막에 주요 임무나 당직근무를 열외 시켜 주었다. 전역 후 사회생활 준비를 위한 시간을 보장한다는 차원도 있었던 것이다. 그런데 전역하기 전 날, 군 생활 마지막 날 노 중위는 중대 당직사관을 하고 있었다. 그 모습을 본 선배 장교가 왜 그러느냐고 묻자, 노 중위는 밝게 웃으면서 "네, 평생 해보고 싶어도 하지 못할 군 생활 마지막을 가장 의미 있게 보내는 것은 모든 사람이 하기 싫어하는 것을 하는 것이라고 생각되어 제가 자진해서 당직근무를 한 번 더 서고 가려는 것입니다."라고 대답하였다. 정말 독특하고 모범적인 소대장이었던 것이다.

성공적인 군 생활을 마치고 전역한 노 대표는 당시 우리나라 최고의 그룹에 신입사원으로 확정된 상태에서 군 생활을 했었다. 따라서 전역과 동시에 곧바로 신입사원 연수를 시작으로 대기업 직원으로 생활하기 시작했다. 그런데 대기업에 3년 정도 다니던 30세의 노 대표는 갑자기 다른 생각을 하게 되었다. 계속 이렇게 회사를 다니다가는 언제 회사에서 나가야 될지 뻔한 미래가 보이고 비전이 안 보였던 것이다. 그래서 노 대표는 과감히 회사에 사표를 내고 미국으로 유학을 떠났다. 미국에서의 생활은 녹록하지 않았다. 높은 물가로 준비해 간 자금은 부족했고 3년이란 시간은 짧지 않은 긴 시간이었다. 미국에서 노 대표는 당시 우리나라에 불고 있는 영어교육 열풍과 ICT(정보통신기술)의 발전을 융합하여 새로운 영어교육 방식을 생각해낸 것이다. 일명 '인터넷 화상영어', 아마 당시 우리나라에서는 거의 처음으로 이러한 방식의 영어 교육을 창안해 낸 것이다. 3년간의 유학을 마치고 귀국하자마자 노 대표는 가까운 지인들에게 창업자금 투자를 부탁하기 위해 뛰었고 이를 바탕으로 인터넷 기반의 화상영어 교육회사를 창업하였다. 처음 회사는 많은 어려움을 겪었다. 하지만 노 대표 특유의 친화력과 지칠 줄 모르는 열정, 그리고 무한한 노력으로 회사는 날로 성장하였으며 창업 3년 후 서울시가 선정한 모범 벤처기업에 선정되기도 하였다. 그 후 늦은 나이에 결혼도 하고 아들도 한 명 낳았으며 바쁜 회사 경영 중에도 대학원에서 철학 공부를 하여 박사 학위를 취득한 후, 지금은 모 대학 겸임교수로 대학생 교육에도 참여하고 있으며 많은 곳에 초청받아 강의를 다니는 유명 인사이자 부자가 되어 있다.

노 대표는 매년 1월 초가 되면 독특한 일정을 계획하여 중요한 의식처럼 치르는 것이 있다. 회사 시무식을 마치고 노 대표는 사람들의 인적이 거의 없는 강원도 산골로 홀로 여행을 떠난다. 모든 정보기기 - 스마트폰, 노트북, PC 등 - 를 사무실에 두고 아무 것도 없이 사전에 예약한 곳으로 가서 일주일 동안 홀로 시간을 보낸다고 한다. 이유를 묻자 노 대표는 "1년간 열심히 뛰고 나면 머리를 좀 비워줄 필요가 있다고 생각해서 이러한 시간을 보낸다. 그 시간이 나에게는 일년 중 가장 중요한 시간이다."고 하였다.

노 대표의 인생역정을 가까이서 지켜 본 나는 노 대표를 통해 성공하는 데는 무엇보다 자신의 성공에 대한 열정과 무한한 노력, 인간에 대한 신뢰가 밑바탕을 이루어야 하고 일정한 수준에 도달했다고 하여 거기에 만족하지 않고 지속적인 자기계발을 위해 노력해야 한다는 것을 새삼 느끼게 되었다.

04

40대 부자 서 사장님

40대에 가장 큰 씀씀이는 내 집 마련을 위한 비용이다. 또한 40대 성공 기준은 '돈을 많이 번 사람'이라 하였다. 이러한 씀씀이와 성공 기준을 고려하여 40대 부자는 대학 졸업 후 기업에 취업하여 성실히 근무하다가 36세의 나이로 건설회사를 창업하여 여러 가지 어려움 속에서도 뛰어난 사업 수완과 리더십으로 상당한 재력을 갖춘 한 분을 소개하고자 한다.

서 사장은 시골 농부의 3남 1녀 중 둘째 아들로 태어나 어려운 가정형편으로 인해 부모님과 같이 살지 못하고 할아버지 할머니와 함께 어린 시절을 보냈다. 평소 성품이 조용하고 정이 많아 할아버지 할머니와 많은 추억을 쌓으며 행복하게 지냈다고 한다. 그런데 당시

서 사장은 공부에 관심이 없어 공부를 잘하지 못했다. 그러던 중 지방 도시의 공업계 고등학교에 진학하였고 3학년 2학기 때 산업체 현장 실습으로 인천 부평의 모 공장에 나가게 되었다. 그 곳에서 서 사장은 인생의 전환점을 맞게 된다. 평소 항상 성실하게 최선을 다하여 일하는 서 사장에게 당시 전문대학을 졸업하고 사무직으로 근무하고 있던 모 씨가 심한 인격적 모독을 하였고 이를 참지 못한 서 사장은 그 사원과 심하게 싸우고 현장 실습을 하던 회사를 그만두고 나오고야 말았다.

그때가 고등학교 졸업 다음 해 5월, 대학 졸업의 필요성을 절감한 서 사장은 곧바로 대학 입시학원에 등록하고 학업에 정진하였다. 통상 재수생들이 1년 내내 공부를 하여도 희망하는 성적을 얻지 못해 전전긍긍하던 시절이었다. 서 사장은 당시 부모님께 청하여 입시학원 건물 바로 뒤에 있는 하숙집에 등록하고 정확히 6개월을 공부한 것이다. 공업계 고등학교 3년 동안 입시공부는 전혀 하지 않고 친구들과 노는데 집중하였던 터라 새롭게 공부를 한다는 것은 정말 쉬운 일이 아니었다. 그러한 상황에서도 꼭 대학에 들어가겠다는 일념으로 매일 새벽 4시부터 밤 12시까지 하루 20시간씩 공부에 집중한 것이다. 이때 너무 오랫동안 책상에 앉아 있었던 이유로 지병을 하나 얻게 된 것이 허리디스크이다. 40대 후반인 지금도 만성 허리디스크로 고생을 하고 있다. 그렇게 열심히 공부한 결과 지방 사립대학의 기계과에 진학하게 되었다.

대학 생활에서도 몇 가지 에피소드가 있다. 대학에 들어가면 오로지 학업에 충실하고 인격을 도야할 줄 알았는데 1980년대 후반 대한민국은 그렇게 평온하지 않았다. 연이은 시위와 민주화 투쟁 등으로 대학은 혼란했고 정상적인 학업이 이루어지기 어려운 시기였던 것이다. 이에 서 사장은 대학에 흥미를 갖지 못해 자퇴할 결심을 했다. 간신히 가족들의 만류로 휴학을 하고 군 복무를 한 것이 다행스런 일이었다. 군 복무를 마치고 복학을 한 후 서 사장은 최선을 다하여 학업에 열중하였고 졸업할 때에는 기사 자격증, 기능사 자격증 등을 두루 취득하였으며 그 결과 지방의 건설회사에 곧바로 취업을 할 수 있었다.

건설회사에서 최선을 다해 근무한 서 사장은 그 회사의 중요 직위까지 진출하였으나 자신의 사업을 해야 한다는 신념을 갖고 36세에 퇴사하여 창업을 하였다. 창업 초기에 여러 가지 어려움이 많았지만 특유의 뚝심과 성실함으로 이겨내고 사업의 규모를 확대해 나갈 수 있었으며 지금은 지방에서 손가락 안에 드는 굴지의 건설회사로 키워냈다. 창업 초기에 얼마나 어려웠는지 이해할 수 있는 사건이 하나 있어 소개한다. 처음 1인 사업자로 등록을 하고 가족들 생계를 이어가야 하는 상황에서 사무실 임대료를 아끼기 위해 중고 컨테이너를 한 동 사서 시작하려는데 이 컨테이너를 둘 장소가 마땅치 않았다고 한다. 결국 아는 선배님께 간곡히 부탁을 하여 시 외곽 빈 공터에 컨테이너를 놓고 이곳을 베이스캠프 삼아 닥치는 대로 일을 하고 있는데 어느 날 선배가 "땅을 팔았으니 컨테이너를 당장 치워 달라."고 했다는 것이다. 아무런 준비가 안 된 상태에서 받은 통보라 갑작스럽게 옮길 곳을 찾을 수 없어 일단 근처 큰 교량 밑 구석에 컨테이너를 옮겼는데 며칠 후 많은 비가 내려 컨테이너가 떠내려 갈 위험에 처한 것이다. 그날 밤 컨테이너가 떠내려 갈 것이 염려되어 컨테이너를 교각에 묶고 밤새도록 지켰다는 일화는 지금도 눈시울을 붉히게 만든다.

서 사장의 특징은 매우 좋은 인간성으로 한 번 만나는 사람은 모두가 친구가 되고 특유의 성실함, 확실한 일처리, 신중한 언행 등으로 주위 사람들의 신뢰를 가득 받고 있다는 점이다. 이러한 특징 덕분에 서 사장과 한 번 인연을 맺으면 절대 배신하는 사람이 없고 계속하여 공사를 의뢰하는 상황이 지속되었다. 특히 2008년 우리나라 건설경기가 매우 어려웠던 시기에도 서 사장 회사는 일감이 밀려들어 사원을 계속 선발해야 할 정도로 호황을 구가하였다. 서 사장 회사가 본격적인 성장 궤도로 진입할 수 있었던 계기는 위 컨테이너 때문에 시작되었다고 한다. 컨테이너를 둘 공간이 없어 여러 곳을 전전하다가 약 12년 전에 시 중심지역이지만 생산녹지로 묶여 가격이 낮은 토지 1,000평을 평(3.3㎡)당 50만 원에 구입하여 컨테이너 두 동을 놓고 사업을 하였다. 처음으로 자신의 땅을 갖게 된 기쁨에 열심히 공사를 하면서도 틈틈이 주변을 가꾸고 돈이 모이면 계속하여 주변을 매입하였으며, 그곳에 200평 규모의 창고를 지어 모 제과회사에 물류창고로 임대하고 지붕에는 100kw 규모의 태양광발전설비를 갖추어 운영하였다. 그 결과 매달 임대료와 태양광발전 수익금으로 700만 원

이상 고정수익을 얻게 되었으며 12년이 지난 지금은 토지 대금이 평(3.3㎡)당 300만 원을 초과하여 토지 대금만 600%의 수익을 창출하게 되었다.

현재 서 사장이 경영하는 회사는 지방 광역시 도심에 약 2천 평 규모의 대지에 본사를 두고 전국 각지에 건설현장을 운영하면서 날로 성장하고 있다. 서 사장의 현재 자산은 본사가 위치한 광역시 도심의 대지와 건물 약 60억 원, 건물을 짓기 위해 매입해 둔 여러 곳의 대지 수십억 원, 현재 진행하고 있는 건설현장의 예상 수익 등 총 자산을 정확히 밝힐 수는 없지만 가히 부자라 인정할 수 있는 규모의 재산을 보유하고 있다. 특히 서 사장은 자식 교육에도 심혈을 기우려 아들은 과학고등학교를 졸업하고 현재 모 과학기술원 3학년에 재학 중이고, 딸은 모 외국어고등학교에서 우수한 학생으로 재학 중이다.

서 사장의 성공비결은 한마디로 뚝심과 의리라고 할 수 있다. 서 사장과 한 번 만난 사람은 누구나 호감을 갖고 신뢰감을 가질 정도로 인격적으로 겸손하며, 한 번 맡겨진 일에 완벽을 기하고 거래 관계에서 가장 중요한 서로에 대한 신용을 철저히 지켜나간 점이다. 또한 '절대 부채를 지지 않는다.'는 신념으로 작지만 강한 회사를 경영하기 위해 노력한 결과 알짜배기 회사로 키워나가고 있으며 이러한 사실이 주위에 알려져 지금은 일이 많아 선별하여 공사를 하며 회사를 경영하고 있다. 서 사장의 사례를 통해 우리가 얻을 수 있는 교훈을 알아보면 성공이라는 것은 전문가로서의 능력과 노력도 중요하지만 상대방을 배려하고 예의를 지킬 줄 알며 '남보다 한 걸음 뒤에 가지만 계속 끝까지 가겠다.'는 자세로 꾸준히 노력할 때 성공의 열매는 나에게 미소 짓는다는 점이다. 또한 결국 장기적인 투자는 부동산이며 좋은 부동산이 미래의 큰 수익을 보장한다는 점은 부인할 수 없는 사실이다.

05

50대 부자 H 대표님

40대까지는 부자가 되기 위해 준비하는 단계이기 대문에 40대까지는 현재 부자가 되기 위해 충실한 생활을 하고 있는 사례를 제시했다면, 50대부터는 진짜 부자가 된 사례를 제시하겠다. 나는 1장에서 부자의 기준을 '본인이 직접 일하지 않아도 들어오는 불로소득이 총 지출보다 더 많아서 일하지 않고 노는데도 불구하고 계속 재산이 증가하는 사람'이라고 정의하였다. 아울러 50대의 성공 기준은 '자녀가 좋은 대학에 다니는 사람, 자녀가 좋은 직장에 취직한 사람'이라 하였다. 이러한 기준에 적합한 사례를 제시하고자 한다.

H 대표는 1960년대에 시골 농부의 아들로 태어나 어려서 건강하게 잘 자랐으며 초등학교부터 고등학교까지 12년 동안 결석을 단 한 번

도 하지 않았다. 초·중·고 12년 동안 우등상을 탔고 12년 중 전학을 하거나 건강상 이유로 할 수 없었던 3년을 제외하고 9년 동안 회장, 반장, 실장을 맡아서 하는 등 리더십이 우수한 학생이었다. 고등학교 때는 나름대로 열심히 공부를 하여 좋은 대학에 진학할 것을 희망하였고 이를 믿어 의심치 않았으나 대학 입시에 실패하여 목표했던 서울의 좋은 대학에 진학하지 못하고 지방 국립대학에 장학생으로 입학하게 되었다. 원하지 않은 대학에 진학하여 대학 생활에 흥미를 느끼지 못하던 H군은 주위 선배들의 권유로 군대 생활을 직업으로 할 것을 검토하게 되었고 장기복무자로 군 생활을 하였다. 24세부터 군 생활을 시작하여 만 30년을 복무하고 50대 중반의 나이에 전역을 하였는데, 군 생활 동안 성실히 돈을 모아 구입한 서울의 아파트 한 채를 전역 후 곧바로 매각하였다. H 대표는 아파트를 매각한 종잣돈을 가지고 상가, 오피스텔, 원룸, 아파트, 태양광발전소 등에 투자하여 3년 만에 재산을 두 배 이상 증액시켰다.

젊은 나이에는 군대 생활에 최선을 다하여 직접적인 투자를 할 수 없었던 H 대표는 군 생활 동안 틈틈이 부동산 관련 지식을 공부하였고 이러한 지식을 바탕으로 인생동안 쌓아온 인맥들 - 유명한 부동산전문가, 은행지점장, 국세청 직원 등 - 과 소통하면서 그들로부터 노하우를 전수받아 과감하게 투자를 하고 이를 수익으로 실현하는 과정을 통해 3년 만에 30년 동안 모았던 돈을 두 배 이상 불리는 결과를 만들어 낸 것이다.

H 대표가 이러한 쾌거를 이룰 수 있었던 원인은 첫째 군 생활을 하면서도 꾸준히 주식, 부동산 등 투자와 관련한 지식을 쌓았고, 둘째 때 마침 불어 닥친 대한민국 사회의 부동산 광풍을 잘 이용한 덕분이며, 셋째 군 생활밖에 모르는 부동산 초보자임에도 불구하고 평생 친구 관계를 잘 쌓아 온 덕분에 각계각층에서 성공한 친구들의 도움을 받아 매입하고 매각하는 타이밍을 잘 잡았기 때문이었다.

또한 H 대표는 철저하게 수익형 부동산 투자에 집중하여 부동산 자체의 상승효과와 더불어 부동산에서 발생되는 수익을 동시에 실현함으로써 이중 수익을 창출할 수 있었다. 특히 부동산 매입 시에는 한 곳을 매입하기 위해서 밤, 낮으로 약 20번 이상 현장을 방문하고 관련 전문가를 대동하여 현장 토의를 수없이 실시함으로써 절대 손해 보지 않을 곳, 반드시 수익이 실현될 수 있는 곳을 찾아 투자하였다고 한다.

현재 50대 후반인 H 대표의 소득을 분석해 보면 수익형 부동산의 임대료 수입과 태양광발전소 수입 등 불로소득이 연 1억 원에 육박하고, 학교에서 학생들을 지도하고 있는 아내의 급여와 H 대표가 직접 일하여 받는 수입까지 합하면 훨씬 더 많은 소득을 거두고 있다. 가족의 지출액은 생활비와 경조사비 그리고 두 자녀 소비지출액을 포함하여 약 7,000만 원 정도 소비하고 있기 때문에 나머지는 계속 쌓이는 구조를 이루고 있다. 한마디로 H 대표는 작은 부자라 할 수 있다.

아울러 50대의 성공 조건인 '자녀가 좋은 대학에 다니는 사람'을 기준으로 H 대표의 현재 상태를 보면 아들은 몸과 마음이 건강한 젊은이로서 군 제대 후 현재 국내 유명 대학에 다니고 있고, 딸 역시 몸과 마음이 건강한 학생으로서 현재 고등학교 3학년에 재학 중이다. 건강한 아들과 딸을 둔 부부 역시 모두 건강하고 부부 사이가 좋아 매 주말마다 고향에 계신 노부모를 찾아 부모님과 식사를 한다거나 좋은 산과 명승지를 찾아다니면서 인생의 중년기를 행복하게 보내고 있다.

결과적으로 H 대표는 건강한 부부와 훌륭한 아들, 딸과 함께 행복하게 살고 있다. H 대표는 더 이상 소득에 연연하지 않고 지방 벤처기업 지원센터에 다니면서 새로운 꿈을 갖고 도전하는 젊은이들을 지원하는 일을 하며 보람을 찾고 있다.

H 대표의 사례를 보면 20대인 대학 때의 선택이 매우 중요했던 것 같다. 80년대 후반 우리나라는 급속한 경제성장으로 일자리가 넘쳐났고, 당시 지방 국립대학에서 우수한 성적으로 졸업한 학생들은 서너 곳의 기업체에 합격하여 골라서 기업체에 취직하던 시대였다. 오죽하면 당시 세상 사람들이 "겉보리 서 말만 있으면 군대 생활 하지 않는다."고 할 정도로 군대 생활을 기피하던 시대였다. 그런데 H 대표는 자신의 적성에 맞는 방향으로 소신 있게 군대 생활을 선택하였고 이후 30년 동안 단 한 건의 사건사고나 징계를 받지 않고 성실하게

모범적으로 군 생활을 함으로써 성공적인 일모작[6] 군 생활을 성공적으로 마칠 수 있었다.

H 대표는 자신의 이러한 성공 비결을

첫째 훌륭한 부모님을 만나 부모님으로부터 좋은 교육을 받아 좋은 인생관과 돈에 대한 가치관을 형성할 수 있었다는 점, 둘째 소신을 갖고 모두가 기피하던 군 복무를 착실하게 30년 동안 했던 점, 셋째 건강한 아내를 만나 지난 세월 동안 특별한 우환 없이 건강하게 살아온 덕분이라고 하였고, 넷째 결혼해서부터 씀씀이를 줄이고 최대한 저축하여 서울에 아파트를 한 채 구입함으로써 투자를 위한 종잣돈을 확보할 수 있었다는 점, 다섯째 2014년부터 불었던 대한민국 부동산 광풍의 기회를 놓치지 않았다는 점, 여섯째 좋은 친구들이 주위에 많아 조언을 쉽게 얻을 수 있었다는 점, 일곱째 자식들이 속 썩이지 않고 건강하게 잘 성장해 준 점 등이라고 밝혔다.

물론 50대에 부를 이룬 사람들 중 H 대표보다 훨씬 더 많은 재산을 보유한 사람들이 많을 것이다. 그런데 여기에서는 당장 가지고 있는 재산의 크기보다 일하지 않고 돈이 돈을 벌어주는, 한마디로 불로소득이 총 지출보다 더 많아서 일하지 않고 생활해도 재산이 점점 증가하는 사람을 부자로 정의하였기 때문에 H 대표의 사례를 제시하였다.

---

6) 일모작 : 인생을 크게 삼모작으로 구분하여 일모작은 대학 졸업 후 첫 번째 직업을 말하고, 이모작은 두 번째 직업을 말하며, 삼모작은 은퇴 후 노년 생활을 지칭한다.

06

60대 부자 장 회장님

60대에 가장 큰 씀씀이는 자녀 결혼 및 정착 지원을 위한 비용이다. 또한 60대 성공 기준은 '아직도 직장에 다니는 사람'이라 하였다. 이러한 씀씀이와 성공 기준을 고려하여 60대 부자는 젊은 시절 건설회사를 경영하여 많은 돈을 모으고 50대 중반에 과감히 임대사업자로 전환하여 지금은 가만히 있어도 연 2억 원 이상의 불로소득을 얻고 있는 한 분을 소개하고자 한다.

우리나라 인구 분포 중 한 해에 출생한 인구가 가장 많은 해가 1958년 개띠 해였다. 1958년에 태어난 장 회장님은 지방 광역시에서 가장 유명한 고등학교를 우수한 성적으로 졸업하고 지방 국립대학 공과대학을 마친 후, 대기업에 취업하여 직장생활을 하였다고 한다. 그러던 중 30대 중반에 뜻한 바 있어 회사를 그만두고 건설회사를 창업하여 꾸준히 성장을 거듭하였고 돈도 많이 벌었다고 한다. 건설회사를 할 때 훌륭한 건축물을 짓기 위해 미국, 일본 등의 건축현장을 다니면서 공부하며 모은 자료집을 보면 그 열정이 얼마나 대단했는지 가히 짐작할 수 있다. 특히 1970년대부터 2000년대까지 몇 차례 위기가 있었지만 대한민국 사회 전체적으로 개발붐에 따른 건설 호황기를 이용하여 회사를 크게 성장시킬 수 있었다.

그러던 중 2010년 경 50대 중반에 사업의 한계를 느낀 회장님은 과감히 사업체를 정리하고 이 돈으로 지방 광역시의 가장 중심가에 상가와 최고급 오피스텔 위주로 매입을 하기 시작하여 지금은 상가와 오피스텔 40여 채를 소유하고 있다. 이 지역 상가의 월세가 수백만 원, 오피스텔의 월세는 약 50만 원 내외이기 때문에 회장님의 수입이 어느 정도인지는 가늠할 수 있을 것이다.

특히 회장님은 늦은 나이에 부동산 임대 사업을 하면서도 부동산 중개사 자격증을 직접 취득하였고 자신이 소유한 상가에 부동산 사무실을 운영하고 계신다. 또한 직접 입주자를 관리하고 인근의 부동산중개사들과 연합체를 결성하여 모두가 잘될 수 있는 구조를 만들고 대형 건설사가 주도적으로 독주하던 분양시장과 임대시장을 구매자나 세입자의 입장에서 부당함이 없도록 올바른 방향을 제시하는 등 업계의 투명한 운영에도 좋은 역할을 하고 있다. 아울러 부동산 임대업을 처음 시작하는 초기 투자자들에게는 멘토가 되어 건물

관리하는 법, 법적인 절차와 민원처리 방법 등을 세부적으로 설명해 주어 많은 존경을 받고 있다. 나도 회장님의 도움을 받아 오피스텔을 구입하였고 지금도 존경하는 선생님으로 잘 지내고 있다.

최근에는 태양광발전사업, 금융업 등에 대하여 집중적으로 연구하며 각종 세미나에 참석하고 새로운 투자처 개발에 열을 올리고 계신다. 특히 오랜 경험을 통해 체득된 사업의 성공 여부에 대한 전망은 매우 구체적이고 정확하다. 50대인 나보다도 상당한 위 연배인데도 불구하고 현 경제상황과 돈의 흐름에 대한 식견은 훨씬 더 앞서가고 계신 모습에 감탄할 따름이다.

또한 슬하에 딸이 두 명 있는데 큰 딸 역시 부동산중개사로 개업하여 성실히 일을 하고 있고, 회장님 부부와 두 딸 가족이 모두 한 아파트 한 통로에서 살면서 행복한 생활을 하고 있다. 회장님은 아직도 현직 부동산중개사로서 활발히 활동하고 계시기 때문에 '아직도 직장에 출근하고 계신' 60대 부자임에 틀림이 없다.

장 회장님 사례를 통해 느낀 성공의 비결은 첫째 젊은 시절 최선을 다하여 자신의 능력을 향상시키고 경영하는 회사를 성공시켜 많은 부을 축적했다는 점이다. 둘째 필요한 시점에 과감히 사업을 전환하여 부자로서의 수익구조를 만들었다는 점이다. 셋째 지속적인 공부를 통해 시대의 변화를 읽고 변화된 상황에 맞춰 적시적인 대응을 하고 있다는 점이다. 이러한 교훈을 바탕으로 우리는 지금 현재 자신의 위치에서 최선을 다하여 자신의 가치를 향상시키고 미래의 부자 수익구조를 만들기 위해 준비를 해야 할 것이다. 아울러 시대의 흐름을 이해하고 이에 맞춰 무엇을 준비해야 하는지 지속적인 학습을 통해 해소해 나가야 할 것이다.

07

70대 부자 예비역 상사 A씨

70대에 가장 큰 씀씀이는 자녀와 손자들 용돈을 주기 위한 돈이다. 또한 70대 성공 기준은 '아직도 조강지처가 밥 해주는 사람'이라 하였다. 이러한 씀씀이와 성공 기준을 고려하여 70대 부자는 35년 동안 한 직장에서 성실히 근무하고 정년퇴직하여 직장생활 동안 꾸준히 투자한 결과 대단한 성공을 하여 퇴직 후 인생 후반기를 편안하게 보내고 있는 한 분을 소개하고자 한다.

깊은 산골에서 태어난 A씨는 가정형편이 어려워 대학 진학을 포기하고 고등학교 졸업 후 직장 생활을 하다가 군 입대를 맞게 되었다. 당시 A씨는 의무병 양성학원을 수료하면 군 생활을 의무병으로 할 수 있다는 정보를 듣고 의무병 양성학원을 수료한 후 의무병으로 입대하였다. 의무병으로 군 생활을 시작한 A씨는 어려운 가정형편과 자신의 처지를 일찍 깨닫고 부사관을 지원하였으며 당시만 해도 부사관 선발이 쉬웠던 시절이라 큰 무리 없이 부사관 생활을 시작하게 되었다고 한다.

지금으로부터 약 40년 전인 1970년대에 지방 광역시 외곽에 있는 모 부대에서 근무하던 A씨는 의무대 선임하사로서 적은 급여에도 불구하고 매달 급여를 쪼개어 일정 금액씩 꾸준히 저축을 하였고 저축 금액이 일정 수준 모이면 그것으로 부대 앞에 있는 허허벌판의 논을 샀다. 특히 A씨는 부대 담벼락과 가까운 곳의 논을 집중적으로 매입하였는데 나중에 광역시 도시계획위원회에서 도로를 계획할 때, 매입하기에 편한 부대 옆으로 도로를 계획하였고 이곳에 2차선 도로가 개설되었다. 2000년대에 들어 도시가 팽창하고 개발되면서 도시 외곽의 비포장 2차선 도로는 4차선으로 확장되고 아스팔트가 포장되었으며, 허허벌판 논들은 그린벨트가 풀리면서 아파트 단지가 들어서기 시작하였고 A씨의 땅은 4차선 대로변의 노른자위 땅이 되어 있었던 것이다.

1970~1980년대에 평(3.3㎡)당 몇 천 원에 매입한 땅이 20년이 지난 2000년대에는 수십만 원으로 상승하였고, 지금은 수백만 원으로 상승하였다. 그러는 동안 A씨는 도로변 자신의 땅에 가건물 형태의 상가 건물을 지어 임대사업을 하기 시작했고 지금은 광역시 외곽 신도시로 진입하는 주 도로변 약 100m의 건물이 모두 A씨의 소유가 되었

다. 2018년 현재 A씨는 이러한 도로변 건물들로부터 받는 월세 소득이 월 2,000만 원이 넘는 부자의 반열에 올라있다. 또한 사모님도 건강하게 함께 살고 있고 세 자녀들 또한 열심히 성장하여 의사, 회사원 등으로 이 사회를 위해 일하고 있으며 손주들이 올 때마다 사랑과 풍부한 용돈으로 할아버지의 정을 듬뿍 주고 있다고 한다. A씨는 70대의 진정한 부자인 것이다.

A씨의 군대 생활 모습을 당시 함께 근무했던 동료들로부터 확인한 바에 의하면 A씨는 정말로 성실하고 술 한 잔 먹지 않았으며 모범적인 부사관 생활을 하였다고 한다. 전혀 헛돈을 지출하지 않고 꾸준히 급여를 저축하여 목돈을 마련하고 이를 활용하여 토지를 매입한 것이 인생 후반부에 이러한 부자의 위치에 오르게 된 것이다.

이 사례를 통해서 우리가 얻을 수 있는 교훈은 첫째 어떠한 직업이든 꾸준히 성실하게 근무하는 것이 중요하다는 점이다. 그래야 일정하게 수입이 발생하고 이러한 수입으로부터 저축할 수 있는 여력을 만들 수 있기 때문이다. 둘째 자신의 현재 수입이 많고 적음은 중요하지 않고 하루라도 빨리 적은 돈이라도 저축을 하여 종잣돈을 마련하고 투자를 해야 한다는 점이다. 1970년대 군대 부사관이라는 신분은 사회적으로 그리 인정받지 못하고 급여도 매우 낮은 수준이었다. 그럼에도 불구하고 꾸준히 저축을 하여 논을 사들인 것은 놀라운 일이다. 셋째 어떤 유형에 투자를 하느냐는 그렇게 중요하지 않다는 점이다. 어떤 유형에 투자를 하더라도 장기간 시간을 갖고 꾸준히 하다

보면 언젠가는 자신이 상상할 수 없는 큰 이득을 얻을 수 있다는 사실을 보여준 실제 사례인 것이다. 이러한 교훈을 바탕으로 우선 나부터 당장 그리고 우리 자식들의 미래를 위해 투자 종목과 목표를 정하여 주기적으로 꾸준히 투자를 해야 한다. 자신의 수입이 많고 적음은 절대 문제가 될 수 없다. 일단 일정 금액을 저축하여 목돈을 만들고 적절한 종목을 선정하여 투자해야 한다.

08

80대 부자 양 사장님

80대에 가장 큰 씀씀이는 병원비라고 한다. 또한 80대 성공 기준은 '건강한 사람'이라 하였다. 이러한 씀씀이와 성공 기준을 고려하여 80대 부자는 어려서부터 가난하였고 젊어서 사업에 실패하는 등 고생을 많이 하였으나 이를 잘 극복하고 인생 후반부에 풍요로운 노년을 지내고 계신 할아버지 사장님 한 분을 소개하고자 한다.

양 사장님은 1939년 일제시대에 지리산 자락 두메산골에서 농부의 자식으로 태어났다. 당시 사장님의 아버지는 일제 징용으로 끌려가 탄광에서 노동을 하시다가 귀가 멀어 상대방의 말을 잘 알아듣지 못하는 장애를 겪고 있었고 위로 누나 5명, 아래로 여동생 1명 등 6녀 1남의 외아들로 자랐다. 당연히 사장님은 어려서 집안의 귀여움을 독

차지하였으나 아버지가 술만 취하면 술주정을 하는 바람에 가슴 아픈 일도 많이 겪으면서 어린 시절을 보내셨다.

양 사장님의 청년시절의 시련은 중학교 졸업 후부터 시작되었다. 1950년대 초반 우리나라의 행정질서가 제대로 갖춰지지 않은 상태에서 양 사장님은 부모님의 권유로 미래 초등학교 선생님이 되기 위해 사범학교에 진학할 꿈을 꾸고 원서를 제출하였다. 그런데 당시 브로커가 나타나 많은 뒷돈을 요구하여 가난한 형편임에도 불구하고 집에서 키우던 유일한 소 한 마리를 팔아서 목돈을 마련하였고 이를 그 브로커에게 주었으나 브로커는 여러 사람으로부터 이러한 돈을 챙긴 후 사라져 버린 것이다. 양 사장님의 집안이 사기를 당한 것이다. 이에 고등학교 진학을 포기한 양 사장님은 실의에 빠진 채 하루하루를 보내다가 친구들의 권유로 돈을 벌기 위해 부산으로 갔다고 한다. 중학교를 졸업한 어린 양 사장님이 부산에서 할 수 있는 일은 많지 않았으며 어렵게 엿 공장에 취직을 하게 되었고 그곳에서 양 사장님은 인생의 가장 힘든 시기를 보냈다고 한다.

부산 엿 공장 생활에서 비전을 찾지 못한 양 사장님은 다시 고향으로 돌아와 농사를 짓기 시작했다. 당시 시골에서 돈을 벌 수 있는 일이란 극히 제한되었다. 오직 논농사, 밭농사를 통해 곡물을 생산하고 이를 시장에 팔아서 수익을 창출하는 방법밖에 없었던 것이다. 양 사장님은 당시 작은 체구에도 불구하고 하루에도 몇 번씩 반복하여 산을 오르내리며 지게에 가득 땔감을 지어 날라 주변 사람들이 놀라움을 금치 못했다고 한다. 그렇게 열심히 일을 한 결과 매년 농번기가 끝나면 논을 한 마지기(200평)씩 살 수 있었다고 한다.

양 사장님의 청년 시절 모습은 한마디로 작은 몸집에 유약해 보이는 외모였으나 이를 악물고 열심히 일하여 '고동부살'이라는 별명을 얻을 정도였다고 한다. 특히 인접 마을 청년들과 싸움이 벌어질 때면 마을을 대표해서 상대편 청년들을 이겨냄으로써 마을에서는 없어서는 안 될 중요한 인물이었다고 한다.

이러한 양 사장님은 20대 중반에 인접 마을의 건강한 아가씨를 만나 결혼을 하였고 3남 1녀를 낳아 외아들로서의 외로움을 잊을 수 있었다고 한다. 하지만 평생 농사일만 하고 살 수는 없다고 느낀 양 사장님은 새로운 돌파구를 찾기 위해 노력하였고 그러는 과정에서 칡 공장을 운영해보기도 하고 읍내에 빵집을 운영해보기도 하였으며 아이스크림 공장을 운영해보기도 하였으나 모두 실패하였다고 한다. 농사만 짓던 젊은 청년이 사업으로 성공하기에 쉽지 않은 상황이었던 것이다.

그러던 중 당시 읍내에서 미곡상을 하던 선배를 만나 장사를 배우게 되었고 이렇게 시작한 미곡상을 현재까지 약 45년 동안 지속하고 계신다. 미곡상은 당시 우리나라 경제상황에 매우 적합한 사업이었다. 쌀, 콩, 팥 등 미곡은 장기간 저장해도 변하지 않았고 사람들이 주식으로 먹는 것이기 때문에 판로를 걱정할 필요가 없었으며 대한민국 사회 전체적으로 인플레이션이 형성되어 곡물 가격은 계속 상승하던 시기였다. 젊어서도 열심히 일하여 매년 논을 한 마지기씩 사던 습관이 있던 양 사장님은 목돈을 모아 이번에는 대도시에 부동산을 매입하였다. 이 역할은 사모님이 맡아서 했는데 양 사장님의 성공의 숨은 주역인 사모님은 당시 대도시에 살고 있던 형제들을 동원하여 좋은 부동산을 물색하였고 목돈이 준비되면 하나씩 하나씩 매입하였다고 한다. 물론 사장님이 살고 있던 고향에도 많은 부동산을 매입하였다. 앞서 70대 부자인 A씨의 사례에서도 언급하였지만 이후 대한민국 대도시의 부동산은 가격이 천정부지로 상승하였고 양 사장님의 재산도 엄청나게 불어나게 되었다.

중학교 졸업 학력이 전부인 양 사장님의 사업적 마인드는 가히 천부적이라고 평가할 수 있는 사례가 한 가지 있다. 1997년 우리나라를 덮친 IMF 구제금융은 사회 전체적으로 엄청난 영향을 끼쳤다. 특히 온 나라가 경제 전반에 불황을 겪게 되었고 돈이 돌지 않아 환율과 이자율이 폭등하였다. 당시 은행에서는 돈을 예치하면 이자를 연 20%까지 지급하였던 때로서 현금을 보유한 사람이 가장 대우를 받던 시절이었다. 그때 양 사장님은 보유하고 있던 현금을 엉뚱한 곳에 투자하였다. 모 금융기관에 본인과 부인 명의로 각각 1억 원씩 2억 원을 연금보험에 가입한 것이다. 조건은 65세 이후부터 사망 시까지 월 100만 원씩 연금지급 조건이었다. 당시 만 60세였던 양 사장님은 매우 높은 은행금리로 인해 1억 원을 예치하면 연 2,000만 원씩의 이자를 받을 수 있는 상품은 거들떠보지도 않고 과감하게 연금보험에 가입한 것이다. 이후 양 사장님은 5년 이후부터 부인은 8년 이후부터 매월 각 100만 원씩 연금을 수령하게 되었고 현재까지 두 분이 수령한 연금만 3억 원을 초과하였다. 또한 이 돈을 그대로 복리로 적립하고 있으며 두 분이 모두 건강하기 때문에 최종적으로 얼마까지 수령할 지는 아무도 예상할 수 없다. 자식들은 부모님이 오래오래 사시기만을 바랄뿐이라고 한다. 물론 당시 2억 원을 더 나은 투자처에 투자했더라면 지금 10억 원이 됐을 수도 있다. 그러나 양 사장님은 당시 운영하던 사업 소득이 충분하다고 생각하고 퇴직한 이후 먼 미래를 위해 큰 그림을 그렸다고 한다.

양 사장님에게는 3남 1녀의 자식들이 있다. 이들 모두 지리산 자락 시골에서 태어났으나 모두 4년제 대학을 졸업하였고, 현재 건설회사 사장, 고급 공무원, 박사 학위 취득, 외국계 회사 싱가폴 지사장, 경영 컨설팅회사 지부장 등으로 성장하여 이 사회를 위해 헌신하고 있다. 독특한 것은 이 네 명의 자식이 모두 1남 1녀씩 낳아 양 사장님 슬하에는 네 명의 자식과 네 명의 며느리와 사위가 있으며, 8명의 손자들이 있다. 참 다복한 집안이다.

양 사장님의 현재 재산을 계산하기는 쉽지 않다. 양 사장님이 가장 자랑하시는 재산은 자식들과 손자들이라고 하셨다. 아울러 대도시에 소유하고 있는 부동산들, 거주하고 계신 지역에 소유하고 있는 부동산들, 은행에 적립되어 있는 현금 자산, 매월 수령하고 있는 연금보험금 및 적립금, 지금도 직접 경영하고 계신 미곡상 운영자금 등 총액을 계산하기가 어렵다.

인생에서 가장 불행한 조건 중 하나가 '노년 빈곤'이라고 했다. 반대로 말하면 '노년에 부자가 되면 매우 행복하다.'는 얘기일 것이다. 양 사장님은 노년에 부자로서의 행복을 충분히 누리고 있다. 양 사장님은 평소 집에 며느리나 손자들이 오면 많은 용돈을 주어 그들의 방문을 환영해 줌으로써 며느리와 손자들이 서로 "할아버지 집에 가고 싶다."고 하는 진풍경을 연출하였으며, 할아버지나 할머니가 병원에 입원이라도 하면 서로 보살피기 위해 경쟁하는 해프닝이 발생하기도 했다. 또한 최근에는 시골 마을에 장학회가 만들어져 장학금을 모금할 때 약 150명의 장학금 기탁자 중 가장 많은 금액을 기탁하여 시골 면사무소에 건립된 장학회 기념비 맨 위에 이름을 새기게 되어 마을 사람들과 자식들에게 자랑이 되기도 하였다.

양 사장님은 소유하고 있는 재산이 많다. 또한 매월 들어오는 연금액도 다 사용하지 못하고 계속 쌓이고 있다. 지금도 사업체를 직접 경영하고 계시기 때문에 외모도 젊어 보이고 매일 새벽에 일어나 약 4km를 조깅할 정도로 매우 건강하다. 60세에 위암으로 위 절제술을 하였으나 20년이 지난 지금 정상으로 회복하였으며 젊은 사람들보다 식사량도 더 많고 일 년 내내 감기 한 번 걸리지 않고 생활하고 계신 매우 건강한 분이시다. 80대에 건강하고 재산이 많아 주위 사람들을 위해 베풀며 살고 계신 양 사장님은 진정한 부자임에 틀림이 없다.

양 사장님의 성공 인생여정을 한마디로 표현할 수는 없다. 다만 몇 가지 성공비결을 찾아보면, 첫째 양 사장님은 젊어서부터 어려운 가정환경과 역경을 겪었음에도 불구하고 좌절하지 않고 끝까지 이겨냈다는 점이다. 둘째 양 사장님은 근검절약이 몸에 배어 지금도 간단한 국밥에 막걸리 한 사발 드시는 것을 인생 최고의 행복이라 하신다. 셋째 45년간 미곡상을 운영하셨지만 쉬는 날을 손꼽을 정도로 성실하게 사업을 하셨다. 넷째 자식들 교육을 위해 투자를 아끼지 않았고 그 결과 자식들이 모두 안정적으로 성장할 수 있었으며 아버지의 교육 덕분에 자식들 또한 성공적인 경제 활동을 영위하고 있다. 다섯째 한 번 산 재산은 절대 팔지 않고 그대로 수십 년을 보유함으로써 시세차익을 최대로 얻을 수 있었다. 여섯째 노년에는 자신이 소유한 재산을 필요한 곳에 씀으로써 주위 사람들로부터 인정을 받게 되었다는 점이다. 이러한 점들은 본받아 우리도 노년의 진정한 부자가 되기 위해 지금부터 큰 그림을 그리고 차근차근 준비해야 할 것이다.

09

50대가 되어서도 많은 빚에 쪼들리는 J씨

앞에까지는 20대부터 80대까지 세대별로 그 나이 대에 맞는 씀씀이를 잘 해결하고 성공한 사례들을 제시하였다. 하지만 이번 사례는 좋은 가정에 태어나 좋은 조건으로 가족을 꾸려 충분히 행복할 수 있음에도 불구하고 지나친 욕심과 잘못된 경제관념으로 50살이 되었는데도 많은 빚으로 어려움을 겪고 있는 사람이 있어 소개한다.

J씨는 가난한 농부의 자식으로 태어났으나 부모님이 사업을 하시면서 점차 형편이 나아진 관계로 큰 어려움 없이 어린 시절을 보냈다. 부모님과 생활하며 읍내 고등학교를 졸업한 J씨는 대도시로 대학을 진학하여 줄곧 장학생으로 대학 생활을 마친 후 지방 공무원 시험과 서울의 무역회사 입사시험 두 곳에 모두 합격을 하였다. 이때 부

모님은 지방 공무원을 권유하였으나 자신이 서울 무역회사에 다니기를 희망하여 혼자 서울에 방을 얻고 자취를 하면서 직장생활을 하였다. 지방 출신 사회 초년생의 서울 직장 생활은 쉽지 않았으며 제대로 먹지 못하고 힘겹게 살고 있던 J씨는 어느 겨울 설날에 아버지의 강력한 권유로 직장을 그만두고 다시 고향으로 내려오게 되었다. 지방 대도시로 돌아온 J씨는 곧이어 유명한 보험회사에 취직을 하였고 열심히 노력하여 성과를 내었으며 점차 안정을 찾아갔다.

결혼 적령기가 되어 배우자를 만나 결혼도 하고 아들, 딸 둘을 낳아 잘 기르며 행복한 생활을 하였으며 1990년대 후반 대한민국이 IMF를 겪는 어려운 와중에도 나름대로 재테크를 잘 하여 아파트를 세 채나 보유하며 30대 중반에 벌써 부자가 되는 듯하였다. 본인도 어느덧 부자가 된 듯 자랑도 하였고 씀씀이도 점차 커져 있었다. 그런데 J씨에게 인생의 위기는 한순간에 찾아오고야 말았다. 이미 잘 갖추어진 재산에 만족하지 못하고 무리한 욕심을 내었던 것이다. 2000년대 초반 IMF 이후 경매시장에 매물이 쏟아지던 시절에 좋은 매물을 싼 가격에 살 수 있다는 유혹에 빠져 기획 경매팀과 함께 일을 하게 된 것이다. 이들의 계획에 의해 한두 번 이룬 성공에 경매팀을 완전히 믿게 되었고 큰 매물에 욕심을 내고 그동안 벌었던 모든 돈을 쏟아 붓고도 부족한 돈을 아파트를 담보로 대출까지 받아서 경매팀에게 경매를 위탁하였는데 이를 모두 챙겨 사라져버린 것이다. 그야말로 한순간에 알거지가 되어 버렸다.

살고 있던 아파트를 담보로 대출받은 돈을 갚지 못하게 되자 아파트는 자신이 그렇게 좋아하던 경매로 넘어가 버렸다. 온 가족이 길바닥으로 나앉게 되어버린 것이다. 이러한 사정을 안타깝게 여긴 부모님의 도움으로 부모님이 보유하고 있던 주택을 수리하여 살 곳은 마련하였지만 이후 생활은 비참하였다. 문제는 이것으로 끝나지 않고 계속 이어진다는 것이었다. 일단 살 곳이 정해지자 J씨 부부는 평소의 씀씀이를 버리지 못하고 주변 지인들에게 빚을 내어 기존 생활을 영위하였고 급기야 지인들에게 돈을 빌리기 어려워지자 사채를 쓰기 시작하였다.

이후 사채를 갚지 못하자 사채업자에게 쫓기게 되었고 어떤 사채업자는 불법적인 요구까지 해오는 극단적인 상황에 몰리게 되었다. 이러한 상황에 J씨는 부모형제를 찾아 울부짖었고 이를 안타깝게 여긴 부모님과 형제들의 도움으로 수억 원의 빚을 대신 갚아주는 지경에 이르렀다. 형제 중 한 명은 "법의 심판을 받고 교도소에 보내야 정신 차린다."고도 하였으나 부모님의 간곡한 청으로 결국 부모님과 형제의 재산 수억 원만 없어지고 말았다. 지금도 J씨 부부는 자신들의 씀씀이를 극단적으로 줄이지 못하고 보통 사람들과 똑같이 생활하면서 아무 문제가 없는 듯 지내고 있다. 오히려 돈을 지원해주었던 부모와 형제들만 "또 사고 치면 어떡하나."하며 전전긍긍하고 있다.

다른 형제와 동일한 부모 밑에서 자라나 정상적으로 교육을 받고 우수한 인재로 성장한 J씨가 왜 이러한 상황에 다다르게 되었을까?

생각해 보면 보통 사람과 다른 특별한 점이 발견된다. 옛말에 인생을 살면서 절대 조심해야 할 3가지가 있다고 했다. 그것은 초년 성공, 중년 이혼, 노년 빈곤이다. 초년에 성공하면 욕심이 많아져서 결국 좋지 않은 결말을 맺게 되고 중년에 이혼하면 외로움에 빠져 슬픔을 겪게 되며 노년에 빈곤하면 아무도 찾는 사람이 없어 불행한 삶을 살게 된다는 것이다. J씨는 초년에 성공의 맛을 느꼈던 것이다. 성공에 대한 자신감이 생기자 사람에 대한 신중함이 없이 함부로 믿어버림에 따라 사기를 당하였고, 초년 성공으로 돈 쓰는 맛을 알아버림에 따라 씀씀이를 줄이지 못하고 계속하여 수중에 들어온 돈을 써버리는 악순환의 고리에 빠져버린 것이다.

지금도 J씨의 아버지는 "대학 졸업 후 공무원으로 보냈어야 하는데 서울로 보낸 것이 잘못된 선택이었다."고 탄식하고 계신다. 공무원이 좋은 직업이라는 측면보다는 '젊어서부터 일확천금의 기회를 노리지 말고 차근차근 성실하게 살아야 노년기에 빈곤하지 않고 풍요로운 인생을 살 수 있다.'는 측면에서 하신 말씀이라 생각된다.

제3장 작은 부자의 투자 전략

1. 돈의 흐름 읽기
2. 재테크 원칙
3. 상황별 투자 유형 선택
4. 저축
5. 채권
6. 주식
7. 부동산(오피스텔, 원룸주택, 상가와 점포, 아파트, 토지)
8. 태양광발전사업

계란은 한 바구니에 담아서는 안 된다. 자칫 모두 깨져버릴 위험이 있다.
그렇다고 낱개로 나누어 담아서도 안 된다. 계란 값보다 바구니 값이 더 많이 들게 된다.
나이대별로 투자하는 대상과 방법이 달라야 한다. 그 기준은 수익성과 안정성이다.

이 장에서는 부자가 되기 위해 어떻게 투자할 것인가에 대한 방법들을 정리해 보았다. 어떻게 돈을 벌 것인가에 대한 지침서나 강의 내용들은 우리 주위에 많이 있다. 각종 재테크 관련 서적, 부동산 투자, 경매 등등 분야별로 전문가들이 설명한 내용들은 충분히 많다. 나는 여기에서 그동안 직접 투자를 해 보면서 느꼈던 핵심적인 투자방법과 유의사항 위주로 간략하게 기술하고자 한다. 결국 세부적인 방법은 여러분이 해당 유형에 직접 투자를 해보면서 체험적으로 획득해야 함을 강조한다.

01

돈의 흐름 읽기

일반적인 투자자들은 부동산, 주식, 채권, 예(적)금 등 일반적인 투자 유형 중 관심 있는 유형의 관심 있는 상품에 대한 흐름을 분석하고 판단하여 투자 여부를 결정하는 경우가 대부분이다. 그런데 궁극적으로 이 세상의 돈이 어떻게 흘러가고 있는지 깊이 있게 연구해보면 돈의 흐름을 미리 예견할 수 있다는 생각을 한다.

아래 표는 내가 그동안의 경험과 연구를 바탕으로 복잡한 경제 현상을 최대한 단순화하여 표로 작성해 본 것이다. 모든 경제활동이 꼭 이러한 상관관계를 갖고 움직인다고 단언할 수는 없다. 하지만 대체로 이러한 흐름 속에서 돈이 움직임을 우리는 느낄 수 있다. 아울러 이와 다른 의견과 견해가 있을 수도 있음을 충분히 인정한다.

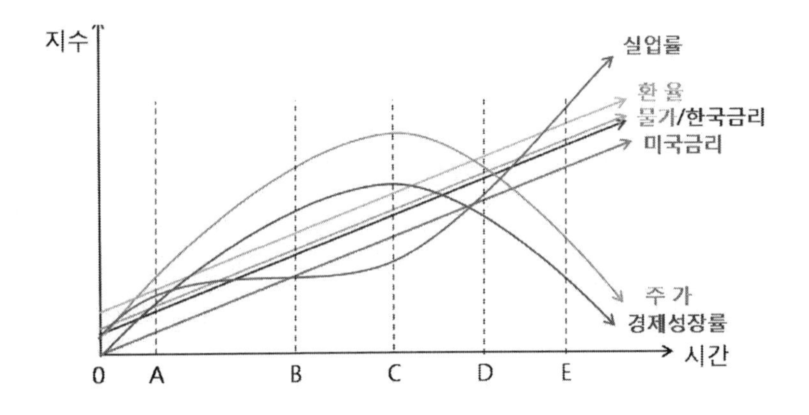

[경제활동 지표들의 상관관계]

돈의 흐름을 결정짓는 여러 가지 지표들이 있는데, 이러한 지표를 조정하는 세력(보이지 않는 손)이 있다고 나는 확신한다. 돈의 흐름을 결정짓는 지표는 미국 금리, 한국 금리, 물가, 달러 환율, 실업률, 경제성장률, 주가 등이다.

구간별 경제현상과 돈의 흐름을 지점별로 분석해 보면

0~A 구간은 개발도상국에서 경제가 초도 성장기에 진입한 단계로서, 모든 지표가 상승곡선을 그리면서 성장하게 된다. 외국 자본의 도움으로 선진 기술을 도입하여 국내 기술이 발달하고 내수가 진작되는 상황일 경우의 지표이다. 이때 중요한 돈의 흐름은 외국 자본이며 외국 자본이 국내로 유입됨에 따라 모든 지수를 일방향으로 상승시킨다. 부동산, 주식, 채권, 예금 등 모든 분야의 가격이 상승하는 국면

이 형성되며 이러한 시기에는 일반적으로 쌀, 설탕, 밀가루 등 생활 필수품의 가격이 높게 상승하는 경우가 많다. 1950~1960년대 우리나라의 경제 상황을 생각해 보면 비슷한 국면으로 이해할 수 있을 것이다. 6.25 전쟁과 5.16 군사혁명 이후 미국의 원조 하에 우리나라가 경제발전을 하기 시작한 시기였다.

A~B 구간은 경제가 초도 성장기에서 급속 성장기로 진입하는 단계로써, 경제의 규모가 커지고 종합주가지수도 경제성장률과 함께 급격히 상승하는 팽창기라 할 수 있다. 자국 내 기술이나 특화된 산업이 급속히 발달하며 전 세계적으로 그 국가의 생산품에 대한 경쟁력이 제고됨으로써 대외 수출이 증가하고 경제 규모가 급속히 커지는 시기이다. 이때 중요한 돈의 흐름은 외국 자본과 더불어 국내에서 성장한 부자들이 점차 많아지는 시기로써 채권이나 예금 투자에 의한 수익도 높지만 부동산이나 주식 투자에 의한 수익이 더 높게 나타나는 경향이 있다. 특히 독보적인 기술을 가진 회사의 주식 가격이 큰 폭으로 상승하는 경향이 있다. 1970~1980년대 우리나라의 경제 상황을 생각해 보면 비슷한 국면으로 이해할 수 있을 것이다. '86 아시아게임과 '88 올림픽을 유치하면서 제조업과 건설업이 급속히 성장하고 수출이 증가하여 우리나라의 국위가 엄청나게 성장한 시기였다.

B~C 구간은 급속히 성장한 경제 규모와 더불어 내부적인 여러 가지 문제들이 나타나게 되면서 성장률이 점차 감소하고 조정 국면을

맞는 단계로서 금리, 인건비, 환율, 부동산 가격, 원자재 가격 등이 전체적으로 상승하여 기업이 새로운 투자를 확대하기 어려워지는 시기이며 대외 경쟁력이 하락하여 경제성장률의 증가폭이 점차 감소하는 매우 위험한 시기이다. 이때 중요한 돈의 흐름은 외국 자본이 더 나은 수익을 쫓아 점점 빠져 나가기 시작하는 시기로써 팽창기에 큰 폭으로 상승한 부동산과 주식의 수익률에 놀란 후발 개인 투자자들이 상승하고 있는 금리 상황에도 불구하고 은행에서 대출을 받아 부동산과 주식 시장에 몰려들면서 오히려 더욱 상승시키는 이상 국면을 만드는 경우가 많다. 이 구간은 1990년대 우리나라의 경제 상황을 생각해 보면 비슷한 국면으로 이해할 수 있을 것이다. 급격한 환율 상승(달러 당 900원에서 2,000원 까지 상승)과 금리 상승(6% → 20%), 인플레이션 등으로 수출이 감소하여 외환보유고가 급격히 하락하였으며, 결국 1997년 IMF(International Monetary Fund, 국제통화기금)[7]에 구제금융을 신청할 수밖에 없는 어려운 상황에 직면하였다. 만약 이러한 흐름을 인지한 현명한 투자자라면 대출을 최소화시키고 보유 자산을 채권이나 예(적)금 등 안정적인 투자처로 전환시켜야 한다.

C~D 구간은 최고로 성장한 경제가 하강 국면으로 전환되는 단계로써, B~C 구간에서 예견되었던 위기를 극복하지 못한 채 시간을 허

7) IMF(International Monetary Fund, 국제통화기금) : 1944년 브레턴우즈협정에 따라 1945년 12월 설립되어, 1947년 3월부터 IBRD(국제부흥개발은행)와 함께 업무를 개시한 국제금융기구. 2차 세계대전 이후 정치적, 경제적으로 세계적인 주도권을 잡은 미국의 주도로 설립되었다. 무역거래에서는 자유무역의 안정적인 성장을 주장하며 가트(GATT)체제를 출범시켰고, 이러한 실물거래를 안정적으로 뒷받침하기 위해 국제 환 안정 및 국제 유동성 확대 보장을 목적으로 설립되었다. [시사상식사전, 박문각]

비하여 경제는 곤두박질치고 실업률과 물가가 급격히 증가하면서 국민들의 삶이 매우 어려워지는 안타까운 국면이다. 이때 중요한 돈의 흐름은 외국 자본의 유출 속도가 급격히 빨라지면서 국내 외환보유고가 낮아지고 국내 상품의 해외 경쟁력이 낮아져 수출이 감소하여 경제 규모와 주식시장의 시가총액이 모두 감소하는 어려운 상황을 형성하게 된다. 계속하여 상승하던 부동산과 주식 시장이 갑자기 하강 국면으로 전환되면 수많은 개인투자자들은 더 많은 손해를 입지 않으려고 손해를 감수하고라도 투매하는 상황이 발생한다. 또한 건설 경기를 필두로 국내 모든 경제활동이 위축되어 심각한 불황을 맞게 된다. 이 구간은 1997년 IMF 이후의 우리나라 경제 상황을 생각해보면 비슷한 국면으로 이해할 수 있을 것이다. 1997년 12월 3일 국가부도 위기에 처한 우리나라는 IMF로부터 자금을 지원받는 양해각서를 체결한 이후, 기업이 연쇄적으로 도산하면서 외환보유액이 급감했고 IMF에서 195억 달러의 구제금융을 받아 간신히 국가부도 사태는 면했다. 많은 회사들의 부도와 경영 위기가 나타났고, 이 과정에서 대량 해고와 경기 악화로 인해 온 국민이 큰 어려움을 겪었다. 이러한 시기에는 금리가 높기 때문에 예(적)금으로 최대한 자본을 집중시켜 투자금을 확보하고, 적당한 시기에 급락한 부동산을 매입하는 것이 장기적으로 큰 수익을 확보하는 좋은 방법이 된다.

D~E 구간은 C~D 구간을 맞아 이를 극복하지 못해 결국 모라토리움[8]을 선포하는 단계에 이르는 최악의 경제위기를 맞는 안타까운 국

8) 모라토리움(Moratorium) : 한 국가가 경제·정치적인 이유로 외국에서 빌려온 차관

면이다. 환율이 급등하여 대외 수출은 더욱 힘들어지고 신용경색으로 인해 물가가 급등하여 전반적으로 심각한 경제적 혼란을 겪게 된다. 그러나 생활필수품 등 일반 물가가 급등하는 반면 부동산, 원자재, 사치품 등의 가격은 급격히 하락하는 경향이 있다. 이때 중요한 돈의 흐름은 시중에 돈이 없기 때문에 보유한 자본금으로 가격이 많이 하락한 우량 부동산이나 금(Gold) 등을 매입하면 추후 경제상황이 좋아졌을 때 많은 수익을 얻을 수 있게 된다. 우리나라는 다행스럽게도 이러한 국가부도 사태는 없었다. 앞으로도 없기를 바란다. 2018년 최근 터키와 베네수엘라 등 신흥국에서 이러한 어려운 상황이 감지되고 있어 국제적인 관심이 고조되고 있다.

지금까지 설명한 경제활동의 단계는 반드시 동일한 단계를 반복하지는 않는다. 각 단계가 계속하여 지속되기도 하고 A → B → C → D 단계를 거쳐 다시 A → B → C 단계로 반복하는 경우도 있다. 우리는 경제가 지속적으로 성장하고 주가가 계속 상승하며 고용이 증가하여 실업률이 하락하는 B 지점이 계속되기를 희망한다.

이러한 흐름은 분명 경제정책을 총괄하는 해당 국가와 이를 기반으로 경제활동을 하는 국민들에 의해 만들어지는 것이라고 알고 있

에 대해 일시적으로 상환을 연기하는 것을 말한다. 모라토리엄은 상환할 의사가 있다는 점에서 지급거절과 다르다. 그러나 외채를 유예 받는다고 하더라도 국제적으로 신용이 하락하여 대외거래에 갖가지 장애가 뒤따른다. 또한 환율이 급등하고 신용경색으로 인해 물가가 급등하여 전반적으로 심각한 경제적 혼란을 겪게 된다. [매일경제사전]

다. 그런데 2차 세계대전 이후 세계 경제의 흐름을 유심히 살펴보면 국가 정책과 국민의 노력 외에 또 다른 변수가 있음을 알 수 있다. 그것은 달러의 유통을 총괄하는 미국 연방준비제도이사회(FRB)[9]의 금리 운용과 달러 환율이 나머지 모든 지표에 결정적 영향을 미친다는 것이다. 이를 좀 더 상세히 표현하면 개발도상국에 미국의 거대 자본이 유입되어 경제를 발전시키고 경제 규모를 확장시킨다. 일명 신흥국으로 만드는 것이다. 이러한 신흥국들은 대부분 개발도상국에서 선진국으로 변해가면서 민주주의의 홍역을 겪게 되고 사회가 혼란해지는 상황이 발생한다. 이때 거대 자본은 과감히 자본을 유출하여 환율과 물가, 금리가 급등하고 경제성장률과 주가는 급락하면서 국가부도 위기에 직면하게 되어 부득이 IMF의 구제금융을 신청할 수밖에 없는 상황으로 발전하게 된다. 이에 IMF가 개입하여 국가적 차원의 구조조정을 통해 많은 기업이 도산하고 국민들이 고통을 겪게 되며, 점차 경쟁력을 회복하면 미국의 거대 자본이 다시 유입되면서 동일한 과정을 반복하게 된다. 이러한 과정을 겪은 나라가 대표적으

9) FRB(Federal Reserve Board of Governors or Board of Governors of the Federal Reserve System) : 연방준비제도이사회는 미국 연방준비제도(Federal Reserve System)의 중추적 기관으로, 1914년 발족하였다. 본부는 워싱턴 D.C.에 있다. 미국의 경제·금융 정책의 결정과 실행에 있어 핵심적 역할을 하는 기구로서, 특히 FRB의 금리정책은 전 세계 통화의 시세에 직접적인 영향을 줄 수 있다. 주요 임무는 미국 전역의 12개 연방준비은행(Federal Reserve Banks)들을 총괄하여 감독하는 일로, 공정할인율, 예금준비율의 변경 및 공개시장 조작, 연방준비권의 발행과 회수 감독 기능을 한다. 또, 재할인율 등의 금리 결정, 지급준비율 조절을 통한 통화량 결정, 달러 발행, 주식거래에 대한 신용규제, 가맹은행의 정기예금 금리 규제 등의 권한을 행사한다. 여타 국가에서 중앙은행의 역할을 하는 연방준비은행들을 관할하는 기관이지만 실제로는 미국 정부의 통제를 받지 않는 독립적인 민간기관이다. FRB는 7명의 이사로 구성되며, 이사들은 미국 대통령이 임명하고 상원에서 승인하지만 이는 형식적인 절차에 불과하다. [두산백과사전]

로 1990년 일본, 1995년 멕시코, 1997년 태국과 한국, 1998년 러시아, 2008년 그리스, 2018년 터키와 베네수엘라 등이다.

이러한 세계 경제의 흐름을 간파한다면 지금 우리나라의 상황이 어디쯤에 있는지 알 수 있을 것이다. 따라서 감각을 갖고 미리 미리 예측하여 투자 방향을 준비하고, 합리적인 유형에 투자해야 위기 상황에서도 손실을 예방하고 수익을 창출할 수 있을 것이다.

02

재테크 원칙

돈을 벌려고 투자를 준비하고 있는 사람들이 모두 궁금해 하는 것 중에 하나가 어느 유형 어느 종목에 투자를 할 것인가에 대한 생각이다. 결론부터 말하면 무엇을 투자하든 문제가 되지 않는다는 것이다. 어떤 종목이 중요한 게 아니고 그 종목에서 종목별 수익률을 가장 높게 낼 수 있는 방법 또는 장소, 시간에 투자를 해야 된다는 것이다. 상가에 투자하던, 주식에 투자하던, 아파트에 투자하던, 원룸에 투자하던 동일 유형 내에서도 수익률이 엄청난 차이가 날 수 있고 그 수익률을 극대화시킬 수 있는 노하우와 기술을 배우고 또 연구해서 적용해야 한다.

예를 들면 오피스텔을 중소도시의 조그만 공간에 건축해 놓았다면 마땅히 입주할 사람이 없어 공실이 발생할 확률이 크다. 그러나 젊은 사람 1인 가구가 많이 밀집되어 있는 대도시에서 그것도 중심상업지역에 위치해 있다면 월세가 원룸에 비해 두 배 이상 비싸더라도 월세는 높아지고 공실률은 적어질 것이다. 같은 오피스텔 중에서도 그 투자 가격과 수익률이 큰 차이가 보인다는 것이다. 상가도 작은 세대수의 아파트 주변에 있는 외진 아파트 상가는 10평짜리 기준 투자비가 1억도 되지 않으면서 월 임대료가 30만 원 선에서 정해지는 정말 수익률이 낮은 상가이지만, 세대 수가 많은 아파트 주변 그리고 도로와 인접해 있으면서 주변 상권이 잘 형성되어 있는 상가들은 3억 정도에 분양을 받지만 월 임대료를 150만 원에서 200만 원까지 받을 수 있어 높은 수익률을 올릴 수 있다. 따라서 어느 유형을 선택해서 투자를 하는 것보다 내가 잘 가장 잘 알 수 있는 익숙한 유형을 선택한 다음 그 유형에 대하여 깊이 연구하고 탐문하여 최적의 방법을 찾아내는 것이 현명한 투자자의 방법이라고 할 수 있다.

어느 한 종목 또는 한 유형에 몰빵 하는 것은 기피해야 한다. 아무리 내가 깊이 연구를 하고 준비를 했어도 내가 예측하지 못했던 변수, 내가 예측할 수 없는 어떤 사건에 의해 일들이 발생할 수 있기 때문에 가급적 위험을 두세 개의 유형으로 분산하여 투자할 것을 권유한다. 우리가 수없이 들어왔던 투자의 격언 중 '계란을 한 바구니에 담지 말아야 한다.'는 말을 다시 한번 생각한다면 위의 이야기에 공감할 수 있을 것이다. 어차피 돈의 가치는 떨어지고 금리는 계속 변하는 것이기 때문에 여러 가지 곳에 다양하게 투자를 해 놓아야 어느 한 곳에서 큰 이득을 볼 수 있는 기회를 차지하게 될 것이다.

03

.... 상황별 투자 유형 선택

최고의 투자는 자신의 능력 가치를 향상시켜 단위 시간 당 수입을 극대화시키는 것이다. 두 번째 투자는 불필요한 지출을 최소화시켜 최소 비용으로 행복을 영위할 수 있는 여건을 마련하는 것이다. 세 번째 투자는 자본이 스스로 활동하여 자본이 스스로 나를 위해 수익을 만들어 내는 구조를 만드는 것이다. 그렇게 했을 때 비로소 부자의 반열에 오를 수 있게 된다.

나는 앞장에서 투자는 한 곳에 집중하지 말고 가급적 위험을 분산시키는 의미에서 여러 곳에 나누어 투자할 것을 권유하였다. 그런데 경제현상이 계속 바뀌어가는 현대 사회에서 이러한 상황을 고려하지 않고 무작정 여러 곳에 분산투자를 한다는 것 또한 잘못된 투자 방법이 될 수 있다. 여기에서는 박경철 씨가 '시골의사의 부자경제학'에서 강조한 앙드레 코스톨라니[10]의 달걀 모델에 의한 투자방법을 제안하고자 한다.

투자 유형을 예금, 채권, 부동산, 주식 등 크게 네 가지로 분류했을 때 금리의 변화에 따라 어느 유형에 투자의 중심을 두어야 하는지 설명하는 것이 코스톨라니의 달걀 모델이다.

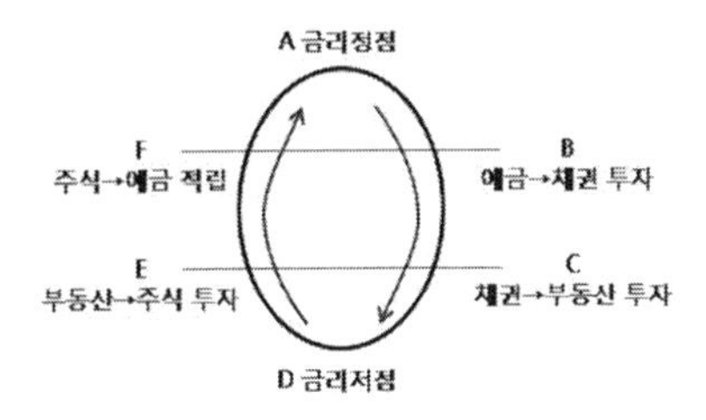

[코스톨라니의 달걀 모델]

일반적인 투자 유형 네 가지를 안정성 면과 수익성 면에서 살펴보면 안정성 면에서는 예금 > 채권 > 부동산 > 주식 순이고, 위험을 감수한 수익성 면에서는 반대로 주식 > 부동산 > 채권 > 예금 순이다.

---

10) 앙드레 코스톨라니(Andre Kostolany, 1906 ~ 1999)는 헝가리에서 태어나 유럽 전역에서 활동한 투자의 대부이다. 비영미권 국가 출신 투자자 가운데 가장 유명한 인물 중 한 명이다. '유럽의 버핏', '주식의 신'이라고도 불린다. [위키백과]

코스톨라니의 달걀 모델에 의하면 경제현상에 따른 투자 유형을 금리를 기준으로 판단하도록 하였다. 금리가 가장 높이 올라간 정점을 A라고 하고 금리가 가장 낮게 형성된 지점을 D라고 했을 때 금리가 정점에서 내려오는 B 지점에서는 예금을 찾아 채권에 투자할 것을 제시하였고, 금리가 계속 내려가 저점에 다다른 C 지점에서는 채권을 매도하여 과감하게 부동산에 투자함으로써 시세차익을 실현할 것을 제시하였다. 또한 금리가 저점에서 점차 올라가는 E 지점에서는 대출을 받아 투자했던 부동산 자금이 점차 빠져나가 부동산 경기가 위축될 것이기 때문에 다소 위험을 감수하더라도 주식에 투자할 것을 제시하였고 금리가 정점에 다다른 F 지점에서는 위험자산인 주식을 매도하여 안전하고 이자율이 높아 수익률이 상승한 예금에 투자할 것을 제시하였다.

아울러 투자의 유형을 위 네 가지에 한정하지 말고 새로운 투자상품에 적극적으로 투자해 보는 것도 권유한다. 과거에는 예금이 유일한 투자처였으나 이후 채권과 주식이 세상에 선보이기 시작하여 계속 성장하였고, 최근에는 클라우드 펀드, 게임 주식, 전자화폐 등 새로운 투자상품들이 등장하여 많은 사람들의 관심을 받고 있다. 잘 모르면서 남들이 투자한다고 하니 나도 해보자는 식의 투자는 절대 금물이지만 깊이 있는 연구와 학습을 통해 자신만의 통찰력을 키워서 과감히 투자해 보는 것도 새로운 큰 수익을 창출하는 방법이 될 수 있을 것이다.

또한 자신의 수중에 투자할 자본금이 얼마인지에 따라 투자 유형이 달라질 것이다. 최소한의 종잣돈을 마련하기 위해서는 우선 예금을 통해 목돈을 마련해야 할 것이고 천만 원 정도의 목돈으로는 채권이나 주식 정도에 투자할 수 있을 것이다. 최소 오천만 원 정도의 목돈이 있어야 작은 부동산에 투자할 수 있을 것이며 일억 원 정도는 확보해야 비로소 오피스텔, 점포상가, 토지, 태양광발전사업 등에 투자할 수 있을 것이다. 오억 원 정도의 목돈이 확보되면 원룸, 미니빌딩, 대형 상가, 서울 시내 아파트 등 대규모 투자를 할 수 있을 것이다.

나이대별로 투자 유형도 달라야 한다. 젊은 나이에 종잣돈을 마련한 사람은 가급적 안전하고 장기 수익률이 높은 토지나 우량 주식에 투자하는 것이 바람직하고 자식 교육 등으로 지출이 가장 많은 시기인 중년층의 투자는 가장 일반적인 투자 종목을 선택하는 것이 바람직하며 은퇴 이후에는 안정성과 환금성에 중심을 둔 종목을 선택하여 투자하여야 한다. 특히 은퇴 이후에 투자하면 안 되는 부동산 5가지를 제시하면 아래와 같다.

은퇴자가 투자하면 안 되는 부동산 5가지

1. 토지 : 환금성이 낮고 세금이 많으며 장기성 투자상품임
2. 상가 : 공실 우려가 있고 수익률이 낮음. 특히 테마형 상가는 자영업자의 폐업률 증가로 수익률이 낮으며 금리 상승기에는 절대 금물

3. 수익형 호텔 : 일명 분양형 호텔이라고도 하며 시행사가
수익률을 보장한다고 하는데 시행사 법인
자체가 없어져 버리는 사례가 빈번한 매우
위험한 상품임

4. 뉴타운 재개발 투자 : 투자비가 많이 들어가며 여러 가지
변수에 의해 시간이 많이 소요되어
수익 실현이 매우 어려운 상품임

5. 특수부동산 : 렌탈하우스, 대형 창고, 게스트하우스 등

[은퇴자가 투자하면 안 되는 부동산 5가지]

04

······················ 저축

미국이 알래스카를 산 이야기는 많은 분야에서 의사결정 모델로 인용되는 이야기이다.

'알래스카'란 에스키모 말로 '섬이 아닌 큰 땅', '광활한 땅'이란 뜻이다. 면적이 153만㎢로 한반도의 7배, 남한의 15배, 美 본토의 1/5이다. 미국이 이 큰 땅을 1867년 러시아로부터 에이커(1,224평) 당 2센트 총 720만 달러라는 헐값에 거저 받았다. 러시아에서는 동물의 모피나 고래사냥으로 사용하던 땅인데 해달과 고래가 줄어들자 헐값에 던져버렸고, 미국에서도 처음에는 별 쓸모를 찾지 못하여 알라스카 구매를 주도했던 당시의 美 국무장관 윌리엄 H. 스워드의 이름을 따서 알래스카를 '스워드의 어리석은 땅(Seward's Folly)'이라고 부르며 매입을 주도했던 스워드를 비난했다. 그러다가 금이 발견되고, 또한 2차 세계대전 때 군사적 중요성이 부각되면서 알래스카의 참 가치를 발견하게 된다.

많은 사람들은 여기까지만 알고 있다. 땅의 높은 가치를 알아보지 못하고 귀한 땅을 헐값에 팔아버린 러시아의 우매한 행동과, 반대로 당시에는 별 가치가 없어 보이는 땅이었으나 미래의 가치를 알아보고 이를 구매한 미국의 지혜를 높이 평가하는 내용이다. 그런데 저축의 관점에서 이를 다시 분석해보면 꼭 그렇지만은 않다. 1867년 당시 720만 달러는 현재 가치로 16억 7,000만 달러라고 한다. 이를 연 3%의 금리로 지금까지 복리 투자를 했다고 가정해보면 놀라운 결과가 나온다. 이 돈이면 지금의 알래스카를 사고도 남는 돈이 된다고 한다. 이것이 복리투자의 놀라운 비밀이다. 우리는 큰돈을 갑자기 모으려고 한다. 그것은 복권에 당첨되는 방법 외에는 극히 힘든 일이다. 큰돈은 오랜 시간 열심히 저축하고 어느 정도 목돈이 모이면 이를 잘 투자하여 초과 소득을 얻었을 때 점차 증가하며 돈의 단위가 크면 클수록 더 증가하는 양이 많아지는 현상을 경험할 수 있다.

저축이란 미래의 소비를 위해 현재 돈을 쓰지 않는 것이다. 그런데 통상적으로 우리가 느끼는 저축에 대한 인식은 그렇게 긍정적이지만은 않다. 일반적으로 보통 사람들은 저축을 지금 내가 구매해야 할 소중한 기회비용[11]을 잃은 것 같은 생각을 한다. 그래서 지금 당장의 구매 욕구를 참아내지 못하고 소비해 버린다.

11) 기회비용(Opportunity cost) : 어떤 선택으로 인해 포기된 기회들 가운데 가장 큰 가치를 갖는 기회 자체 또는 그러한 기회가 갖는 가치를 말한다. [상식으로 보는 세상의 법칙 : 경제편]

나는 앞장에서 종잣돈 마련의 중요성을 충분히 역설했다. 부자가 되기 위한 첫 단계로 반드시 투자할 돈 즉 종잣돈을 마련해야 하는데 이를 마련하기 위해서는 오로지 저축밖에 없으며 저축 중에서도 가장 이자율이 높은 곳에 복리로 저축할 것을 강조한다. 특히 저축은 시간과의 싸움이기 때문에 가급적 일찍, 어린 나이에 시작하는 것이 미래의 윤택한 삶을 위해 꼭 필요함을 다시 한번 강조하는 바이다.

뒷장의 '우리 아이 부자 만들기'에서도 강조하겠지만 내가 어린 시절에는 학교에서 학생들에게 의무적으로 돼지저금통을 갖게 하였고, 매월 한 번씩 일정한 금액을 학교에 가져오게 해서 의무적으로 적금을 들게 했던 기억이 있다. 이러한 교육은 매우 중요하며 지금은 이러한 교육이 이루어지지 않고 오히려 부모들이 어린 자녀들에게 신용카드를 주어 마음껏 사용하게 하는 풍토가 만연하여 미래 세대에 대한 걱정이 앞선다. 사람이 죄를 지으면 죄는 미워하되 사람은 미워하지 말라고 했다. 사람이 죄를 짓는 가장 큰 이유 중에 하나가 돈 때문이다. 돈이 필요해서 돈을 빌려주지 않아서 또는 돈을 갚지 않아서 사람들은 죄를 짓는다. 어려서부터 돈에 대한 가치를 올바로 가르치고 이를 귀하게 여기는 생각을 심어주었을 때 그 어린이는 어른이 되어서도 돈을 소중히 여기고 잘 관리할 수 있을 것이라 확신한다.

호아킴 데 포사다의 '마시멜로 이야기'에 나오는 마시멜로 실험은 현대를 살아가는 우리에게 많은 교훈은 준다. 1966년 미국 모 대학에서 네 살 아이 653명을 대상으로 한 실험으로서 실험 주최자가 맛있는 마시멜로를 아이들에게 한 개씩 주고 나서 "내가 돌아올 때까지 이 마시멜로를 먹지 않고 기다리고 있으면 돌아와서 한 개를 더 줄게."라고 하고 나간다. 15분 후 돌아와서 결과를 확인하여 마시멜로를 먹어버린 아이와 먹지 않고 기다린 아이들로 구분한 후, 이들을 14년간 추적 연구를 하였는데 마시멜로를 먹지 않고 기다린 아이들은 대학 수학능력시험(SAT)에서 210점이나 높게 나타났고 직업을 가졌을 때도 엄청난 연봉 차이가 나더라는 것이다. 이 실험의 결과는 어렸을 때의 참을성과 자제력이 학업성적과 사회적 성공에 큰 영향을 미친다는 것이다. 어려서부터 참을성과 자제력을 갖고 지금 내 손에 있는 돈을 소비하지 않고 저축하는 습관을 길러주는 것이 궁극적으로 우리 아이를 부자로 만드는 지름길임을 여기에서 밝혀둔다.

주위의 젊은 사람들 중에는 나름대로 열심히 절약하면서 돈을 모은다고 하는데도 불구하고 돈이 모이지 않아 고민인 사람들이 많다. 월급날은 꼬박꼬박 다가오지만 며칠 지나면 어디론가 사라져 버리고 빈 통장만 바라보며 한숨짓는다. 월급이 오르면 좀 나아지겠지 하며 스스로를 위로하지만, 월급이 오른다고 크게 달라지지 않는다. 오히려 월급이 적은 사람이 더 많은 돈을 모으고 있는 것을 심심찮게 볼 수 있다. 왜 그럴까 그에 대한 답은 통장 쪼개기를 하느냐 하지 않느냐에 있다. "나도 저축통장 한두 개 정도는 가지고 있으니 통장 쪼개기를 하고 있네."하며 자위하면 곤란하다. 이것도 통장 쪼개기이긴 하지만 통장 쪼개기의 본질과는 좀 동떨어진 것이기 때문이다.

먼저, 왜 사람들은 통장 쪼개기를 하지 않는지부터 살펴보자. 보통의 사람들은 급여통장 하나와 저축통장 한두 개 정도를 갖고 있다. 생활비를 포함한 대부분의 지출은 급여통장과 연결된 카드를 활용한다. 이렇게 하면 편리할 뿐 아니라 카드사용 실적에 따른 혜택까지 누릴 수 있다. 편리함과 작은 혜택에 유혹당하다 보면 지출관리는 엉망이 된다. 가계부를 쓰면 되겠지만 이게 만만치가 있다. 연초에 며칠 쓰다 포기했던 경험이 있을 것이다. 신용카드를 사용하면 사용이력이 남으니 결과적으로 지출관리를 하는 게 아니냐고 반문하는 사람들은 과연 자신이 그렇게 꼼꼼하게 살펴보고 있는지 살펴보길 바란다.

통장 쪼개기는 이런 번거로움을 어느 정도 덜어주면서 지출관리를 할 수 있는 요긴한 방법이다. 통장 쪼개기는 지출용도별로 통장을 나눠 관리하는 방식이기 때문이다. 통장 쪼개기의 기본은 고정지출과 비고정지출로 나누는 것이다. 고정지출에는 자동차세, 자동차보험료, 지방세 등 연 단위로 지출되는 것과 보험료, 학원비, 관리비 등 월 단위로 지출되는 게 있다. 비고정지출에는 매월 식비, 쇼핑, 교통비, 문화생활비 등과 경조사비, 의료비 등으로 나뉜다. 고정지출은 비교적 예측이 가능하나 비고정지출은 예상이 어렵다. 이러한 방법으로 통장 쪼개기를 해보자. 통장 쪼개기의 시작은 지출통장과 저축통장을 구분하는 것이다. 각자 사정에 맞는 저축 목표를 정하고 월급날 저축통장으로 자동이체 해 놓아야 한다. 쓰고 남은 돈에서 저축하는 게 아니라 저축하고 남은 돈에서 쓴다는 자세가 그 무엇보다 중요하다.

지출통장은 몇 가지로 나눠 관리할 필요가 있다. 우선 고정지출 중 매달 빠져나가는 금액은 월급통장을 그대로 사용하면 된다. 연 단위로 지출되는 비용에 대해서는 별도의 예금통장을 만들어 지출일 직전을 만기로 설정하고 여기에 일시금으로 보관해두면 조금이라도 더 높은 이자를 받으며 지출에 대비할 수 있다. 비고정지출 중 매달 빠져나가며 비교적 예측이 가능한 부분에 대해서는 생활비통장을 따로 만들어 여기에 일정 금액을 넣어두면 좋다. 최근 3개월 정도의 소비패턴을 분석해보면 얼마를 넣어두면 되는지 알 수 있다. 비고정지출 중 언제 빠져나갈지 모르는 부분에 대해서는 비상금통장에 넣어둬야 한다. 이 비상금통장이 없으면 이런 지출요인이 발생할 때마다 생활비통장이나 저축통장에서 빼 써야 한다. 각 통장에 자신만의 독특한 이름을 부여하고, 매달 한 번씩 점검하면 나만의 스토리를 엮어갈 수도 있다.

통장 쪼개기의 또 다른 방법은 목표 자금별로 통장을 나누는 것이다. 이는 주로 저축통장을 다시 쪼개는 데 주로 활용된다. 주택마련, 대학학자금, 자녀 결혼자금, 노후준비, 가족 해외여행 등 저축 목적은 사람마다 다를 것이다. 각자의 상황에 맞게, 그리고 단기저축인지 장기저축인지를 감안해 저축수단을 달리하면 더욱 좋다. 장기저축인 경우에는 원금손실 위험이 있더라도 펀드 등 위험상품을 적절히 활용하면 더 높은 수익을 추구할 수 있기 때문이다.

05

채 권[12)]

채권이란 정부, 공공기관, 특수법인과 주식회사 형태를 갖춘 사적 기업이 일반 대중 투자자들로부터 비교적 장기의 자금을 조달하기 위해 발행하는 일종의 차용증서이다. 이때 채권을 발행한 기관은 채무자, 그 소유자는 채권자가 된다. 채권을 발행하는 채무자 입장에서는 비교적 거액의 자금을 일시에 조달할 수 있다는 장점이 있다. 채권을 소유한 채권자는 자본증권 가운데서 원금은 물론 이자를 받을 수 있다. 따라서 채권은 일정한 기간 후에 얼마의 이익을 얻을 수 있는가 하는 수익성과 원금과 이자를 확실하게 받을 수 있는가 하는 안정성, 중도에 돈이 필요할 때 현금화 가능 여부인 유동성이 골고루

12) 두산백과사전의 정의를 참고로 재편집한 내용임

갖추어져 있는 특성이 있다. 그러나 주식과는 달리 그 소유자가 회사 경영에 참여할 수는 없다.

일반 차용증서와는 달리 채권은 몇 가지 법적 제약과 보호를 받게 된다.

① 채권을 발행할 수 있는 주체가 법률로써 정해진다. 일반적으로 정부, 공공기관, 특수법인과 상법상의 주식회사 등이 채권을 발행할 수 있다.

② 발행자격이 있더라도 채권을 발행하기 위해서 정부는 국회의 동의를 받아야 하고, 회사는 금융감독원에 유가증권신고서를 미리 제출하여야 한다.

③ 채권은 어음, 수표 등과 달리 유통시장에서 자유로운 거래가 가능하다.

발행주체에 따라 채권은 국채, 지방채, 특수채, 금융채 및 회사채 등으로 나눌 수 있다. 국채란 국가가 발행하는 채권으로 국고채권, 재정증권, 국민주택채권 등이 있고 지방채는 지방자치단체에서 발행하는 채권으로 지역개발공채, 도시철도채권, 상수도공채, 도로공채 등이 있다. 특수채는 특별법에 의해 설립된 특별법인이 발행한 채권으로 토지개발채, 전력공사채 등이 있고 금융채는 특수채 중 발행주체가 은행인 채권으로 통화안정증권, 산업금융채, 중소기업금융채 등이 있다. 회사채는 주식회사가 발행하는 채권으로 보증사채, 무보증사채, 담보부사채, 전환사채, 신주인수권부사채 등이 있다. 또한 채권은 상환기간에 따라 단기채, 중기채, 장기채로 나눌 수 있다. 단기채는 상환기간이 1년 이하인 채권으로 통화안정증권, 재정증권 등이 있으며, 중기채는 상환기간이 1년~5년 미만인 채권으로 국고채, 회사채 등이 있다. 상환기간이 5년 이상인 채권은 장기채로 국민주택채권, 도시철도채권 등이 여기에 속한다. 채권은 지급이자율의 변동여부에 따라 확정금리부채권과 금리연동부채권으로 나눌 수 있다. 확정이자율에 의한 일정금액을 약정기일에 지급하는 것이 확정금리부채권이고 대부분의 국공채와 회사채가 여기에 해당한다. 금리연동부채권은 정기예금금리 등 기준금리에 연동되어 지급이자율이 변동되는 조건의 채권으로 산금채, 장기채 등 일부 금융채와 회사채가 이에 해당한다.

채권도 증권사를 통해 주식처럼 거래를 할 수 있다. 그러므로 서로의 거래에 따라 가격이 오르고 내릴 수 있으며 해당 발행 주체의 건전성에 따라 폭락 혹은 폭등할 수 있다. 이런 시세차익을 노리는 거래가 바로 채권 투자이다. 통상 채권은 예금만큼 안전하면서 예금보다 더 높은 수익률을 기대할 수 있어 안정성에 비중을 둔 투자자들이 많이 선호하는 투자 방식이다.

보통사람들은 채권을 일부러 사러 다니지는 않는다. 그런데 자동차를 구입하거나 할 때 의무적으로 매입하도록 되어있는 채권을 통상 할인하여 현장에서 판매를 하는데 이를 판매하지 않고 만기까지 가지고 있으면 손해를 보지 않을 수 있기 때문에 재고할 필요가 있다.

06

주식[13)]

주식 투자는 유가증권의 매매를 통해 시세차익을 얻으려는 행위로 정의한다. 주식투자의 기원은 중세시대 이후 중계무역과 무역선을 통한 유한회사(연대책임을 지지 않는 지분에 대한 투자의 손익만 귀결되는)로 출발해 현대사회에서는 가장 복잡하면서도 어려운 재테크의 한 방식으로 자리 잡고 있다.

주식투자는 진입장벽이 없기 때문에 신분증만 가지고 가까운 증권사 또는 은행에 방문하여 원하는 증권사의 계좌개설을 한 후 컴퓨터

13) 주식(stock) : 주식회사의 자본을 이루는 단위로서의 금액 및 이를 전제로 한 주주의 권리·의무(주주권)[두산백과사전]

에는 HTS[14], 핸드폰에는 MTS(Mobile Trading System)를 설치한 후 입금만 한다면 즉시 거래가 가능하다. 증권사 직원을 통해 전화주문으로 거래를 할 수도 있으나 수수료가 비싸다. 주식투자의 수수료는 천차만별이며 최근에는 수수료가 거의 0에 수렴하는 추세다. 주식을 사는 것을 매수 파는 것을 매도라고 하며, 매도할 때마다 0.3%의 거래세가 자동 징수된다.

달력 기준으로 붉은색이 아닌 날짜를 주식업계 용어로 영업일이라고 한다. 즉 평일 오전 7시 30분부터 장전 시간 외 거래, 8시10분부터 동시호가 주문이 가능하며 정규장은 오전 9:00부터 오후 3:30분까지 거래된다. 장 마감 후에는 3:40분부터 4:00까지 장후 시간 외 거래가 가능하며, 오후 4시 10분부터 6시까지는 시간 외 단일가 거래가 가능하다.

모든 사람들이 주식투자로 돈을 벌기를 원하지만 실제로 돈을 버는 사람은 장기적인 관점에서 볼 때 10% 이하인 것으로 추정된다. 기본적으로 정보의 비대칭성이 강한 시장이며 매수·매도 때마다 수수료와 거래세를 빼앗기고, 스프레드(매수호가와 매도호가의 가격차)와 미수, 신용이자 및 매매손실로 인해서 대부분의 일반인들은 손실을 볼 수밖에 없는 구조다. 장세가 강한 상승 장세에 주식투자로 돈

14) HTS(Home Trading System, 홈트레이딩시스템) : 투자자가 주식을 사고팔기 위해 증권사 객장에 나가거나 전화를 거는 대신 집이나 사무실에 설치된 PC를 통해 거래할 수 있는 시스템을 말한다 [시사경제용어사전]

을 버는 일반인들이 많아지면 주식투자 인구가 늘어나지만 장세가 지속적으로 상승하기만 하는 경우는 그리 오래가지 않고 이내 조정과 폭락, 반등을 거치며 주식투자의 꿈에 젖어있던 일반인들의 꿈을 깨게 된다. 결국 장기적으로 볼 때 일부 기관과 외국인, 손 빠른 선수들과 대주주들만 수익을 보게 되고 당연히 아무런 정보력이나 매매기술이 없는 일반인들은 큰 손실을 보게 된다. 간혹 최소 10년 이상 가치 투자를 공부하면 돈을 벌 수 있는 방법이 보인다는 사람도 있다.

부동산 읽어주는 남자로 유명한 정태익 씨는 강연에서 본인이 주식에 투자하지 않는 이유를 "내가 전혀 예측할 수 없는 요인들에 의해 시장이 너무 크게 움직이기 때문"이라고 역설한 바 있다. 주식 투자의 귀재로 일컬어지는 워런 버핏은 '확실한 우량 기업에 대한 장기 투자'를 권유하였다.

주식투자에 입문할 때 읽기를 권장하는 '난생처음 주식투자(이재웅, 2017)'에서 제시된 우리나라 가치투자 고수들이 말해주는 구체적인 투자방법 및 원칙들을 알아보면

① 네이버에서 증권-종목분석-지분현황을 검색하여 최대주주의 지분이 40% 이상인 기업에 투자하라.

② 전환사태, 신주인수권부사채, 대규모 증자(유상증자) 등을 자주 하는 기업은 피하라. (증자를 안 하고 회사 이익으로 운영하는 게 튼튼한 회사이다.)

③ 주요 주주가 5% 이상 지분 취득을 하면 그 기업은 급등 가능성

이 있다.

④ 차트를 믿지 마라. 후생성 지표이다. 대신 거래량은 거짓말을 하지 않는다. 평소 거래량보다 5배 이상이라면 세력들의 매집을 의심해봐야 한다.

⑤ 중소형주에 투자하라. 자산이 풍부하고 현금이 많고 부채가 적고 장사 잘하는 기업이라면 주가의 수익을 크게 가져다 줄 것이다. 중소형주 중에서 아직 덜 오르고 저평가 된 기업에 투자하라.

⑥ 소외된 주식을 사라.

⑦ 10년이라도 그 회사가 문제가 없다면 기다릴 줄 알아야 한다. 적정 가치에 올 때까지 기다려라. 주식을 20년 하고 내린 결론이다.

⑧ 코스피 평균 PER[15]을 활용하자. 8배 이상이면 고평가, 8배 이하이면 저평가이다.

⑨ 선물옵션은 절대 하지 마라. 패가망신 하고 싶다면 해도 좋다.

⑩ 매출액이 가장 먼저 증가한 기업에 투자하라.

⑪ 경기 예측도 힘들기 때문에 기업분석에만 치중하라.

⑫ 투자 모임에 적극 참여하고 공부하라.

⑬ 부동산과 현금이 많은 기업에 투자하라.

⑭ 개인투자종목은 3개를 넘지 마라.

⑮ 금 가격이 낮아질 때 주식 투자를 하라.

⑯ 신용카드 사용액, 소형차 판매량의 변화를 매일 체크하라.

---

15) PER(Price Earning Rate, 주가수익비율) : 주식이 비싼가, 주식시장이 거품인가를 판단하는 시금석, 현재 시장에서 매매되는 특정회사의 주식가격을 주당순이익으로 나눈 값을 말한다. [금융사전]

나는 약 25년 전부터 주식에 투자하고 있다. 주식 투자를 통해 많은 수익을 얻지는 못했으나 그동안의 경험을 바탕으로 개인 투자자가 주식을 투자하는데 필요한 팁을 정리하면 아래와 같다.

① 주식은 최소 1년 이상 장기적인 계획을 갖고 투자해야 한다.

주식에 투자를 하면 누구나 관심을 갖게 되고 이를 확인하기 위해 매일 또는 시간 단위로 증권 시세를 검색하게 된다. 그 결과 시세가 올라가면 기쁘고 내려가면 슬프고를 반복하게 되어 주식의 노예가 되어버린다. 또한 내려가면 불안해서 팔고 올라가면 기뻐서 그대로 방치하다가 결국 매도와 매수 시점을 상실하여 손해를 보는 경우가 다반사이다. 따라서 주식 투자는 장기적인 플랜을 갖고 뛰어들어야 하지 일희일비하다가는 불행의 단초가 되는 경우가 많음을 알아야 한다.

② 주식은 최대한 깊이 있게 연구하여 우리나라에서 가장 우량한 기업, 세계적인 기술을 가진 기업, 절대 망하지 않을 기업에 투자해야 한다.

물론 이러한 기업은 이미 주가가 비싸고 변동성이 크지 않기 때문에 단기간에 큰 수익을 내지 못한다. 그러나 장기적으로 이를 보유하고 있으면 그 수익은 배신하지 않음을 많은 자료를 통해 알 수 있다. 앞장에서도 언급하였지만 주식은 여러 가지 투자 유형 중 가장 위험성이 큰 유형이다. 따라서 그러한 위험을 최소화시키는 방법이 이 방법이다. 아주 싼 주식을 매입하여 단기에 많은 시세차익을 보려고 하다가 결국 영원히 잃는 사람들을 우리는 많이 보고 있다.

③ 주식은 가격이 내려가면 사고 올라가면 팔아야 한다.

이 투자 조언에 대하여 다시 한번 읽어볼 것을 권유한다. 대부분의 투자자들은 주식이 내려가면 더 내려갈 것이 두려워 사지 못하고 주식이 올라가면 더 올라갈 것을 기대하며 사려고 한다. 이와 관련하여 대표적인 사례가 2016년 대한민국에 불었던 '가상화폐 열풍'일 것이다. 연초에 약 오백만 원 정도였던 비트코인의 가격이 6개월 사이에 2,400만 원까지 치솟다가 한 번 하락하기 시작하자 다시 6개월 만에 7백만 원 선까지 하락하였다. 만약 일반적인 채소 시장에서 호박 가격이 많이 오르면 사람들은 호박 대신에 다른 야채를 구매하게 되고 호박 가격이 적정선으로 하락하면 다시 구매를 하게 된다. 그런데 유독 주식은 투기적 성격이 강하여 주식 가격이 올라가면 모두들 더 오를 것이라 기대하여 사기 위해 몰려들고, 가격이 갑자기 하락하면 모두들 놀라서 투매하는 현상을 종종 볼 수 있다. 그만큼 투기적인 요소가 많다는 반증일 것이다. 주식을 통해 수익을 얻으려면 우량 주식을 신중하게 선택하여 매입하되 만약 매입한 주식이 하락을 하면 더 매입을 확대함으로써 차후 올랐을 때 더 많은 수익을 낼 수 있는 준비를 해야 하는 것이다.

④ 투자한 기업의 실적과 경영 상태를 지속적으로 모니터링 해야 한다.

앞장에서도 언급하였지만 주식은 가장 미래를 예측하기 힘든 투자수단이다. 따라서 신중하게 투자 주식을 결정하되 한 번 결정한 주식을 무조건 믿고 방치해서는 안 되고 지속적으로 각종 매체를 통해 해당 기업의 상태를 모니터링 해야 최악의 상태에 직면하지 않을 수 있다.

07

부동산

여기에서부터는 부동산 투자에 관련된 내용들이다. 먼저 부동산은 그 종류가 많고 물건에 따라 지역적·법적 특성이 완전히 다르기 때문에 가장 일반적인 내용 위주로 기술하였다. 또한 부동산 투자를 할 수 있는 종류가 다양하지만 오피스텔, 원룸주택, 점포, 상가, 아파트, 토지에 대해서만 기술하였다. 이유는 내가 직접 투자한 경험이 있는 것 위주로 설명하는 것이 생명력이 있고 타당할 것이기 때문이다.

먼저 부동산 투자는 어느 정도 기초지식을 갖고 있는 사람이 투자를 해야 하는 나름대로 전문성이 요구되는 투자 유형이다. 나는 부동산 투자자를 크게 네 가지로 분류한다. 네 가지 분류는 하수 - 중수 - 고수 - 초고수이다. 하수는 이자율이 무엇인지, 수익률을 어떻게 산출하는지, 등기부등본이 무엇인지 모르는 사람이다. 이런 사람은 절대 부동산에 투자하지 말 것을 권유한다. 자칫 남들이 부동산 투자하여 돈을 많이 벌었다고 함부로 투자했다가 큰 낭패를 보기 일쑤이기 때문이다. 다른 투자 유형들도 마찬가지지만 특히 부동산 투자는 투자 금액이 많고, 자칫하면 사기를 당할 수 있으며 동일한 지역의 동일한 부동산일지라도 여러 가지 요소들에 의해 그 가치가 천차만별하기 때문에 많은 공부를 통해 정확한 분석을 필요로 한다. 중수는 이러한 기초적인 지식뿐만 아니라 부동산 시장의 흐름을 잘 알고 여러 가지 매체를 통해 수많은 정보를 알고 있어 소위 전문가라고 불리지만 정작 본인은 투자를 못하고 있는 사람이다. 이런 사람 또한 절대 부동산에 투자하지 말 것을 권유한다. 왜냐하면 투자하고 나면 매순간 변화하는 시장 상황에 일희일비하며 일상생활이 힘들어지고 만약 손해라도 보게 되면 어떤 행동으로 표출될지 모르는 위험한 사람이기 때문이다. 만약 자신이 중수라고 생각되는 사람이면 가급적 빨리 부동산에 대한 관심을 접고 자신 있게 투자할 수 있는 다른 투자 유형으로 관심을 전환할 것을 제안한다. 고수는 주변 중수들의 이야기를 주의 깊게 듣는 사람으로서 매수해야 할 물건이라고 판단되면 이것저것 고려하지 않고 과감히 투자하여 수익을 창출하는 사람이다. 물론 간혹 손해를 보는 경우도 있지만 결국 이익은 이러한 거래가 이루어져야만 창출된다는 사실을 너무나 잘 알고 있는 사람들이다. 고수들은 이미 여러 차례 투자한 경험들이 있기 때문에 중수들이 하는 이야기를 가만히 듣는 것만으로 투자 가치가 있는지, 없는지를 동물적 감각으로 알아차리는 사람들이다. 부동산에 투자하려면 최소한 고수 정도의 반열에 올라야 실패하지 않고 요망하는 목적을 달성할 수 있을 것이다. 마지막으로 초고수는 자신이 직접적으로 투자하지 않고 누가 고수인지를 알고 그 고수에게 자신의 투자를 위탁하는 사람들로서 가만히 앉아서 높은 수익을 창출해내는 사람들이다. 나의 가까운 지인 중에 모 은행 지점장이 있는데 그 지점장은 자신에게 무조건 투자하는 투자자들이 몇 명 있다고 한다. 그런데 그 사람들은 지점장이 추천하는 종목에 묻지도 따지지도 않고 무조건 투자한다는 것이다. 물론 지난 기간 동안 이러한 과정을 통해 많은 수익을 이미 경험한 사람들로서 자신들은 집에서 가만히 앉아서 많은 수익을 얻어가는 무서운 큰 손들인 것이다. 독자 여러분은 지금 어느 단계의 투자자인지 곰곰이 자신을 판단해 보길 바라며 초고수의 반열에 오르기 위해 부단한 노력을 할 것을 권한다.

다음으로 나는 부동산의 투자 가치를 판단할 때 크게 세 가지 측면에서 분석한다. 먼저 내재가치이다. 이것을 다른 말로 현재가치라고 할 수 있다. 즉 현재 상태에서 해당 부동산이 가지고 있는 현재가치를 네 가지 측면에서 다시 세부적으로 분석한다. 첫 번째, 입지적 측면이다. 해당 부동산의 입지가 역세권인지, 대중교통 이용에 편리한지, 자동차 진출입이 용이한지, 주변에 편의시설이나 관공서 등이 가까운지 등을 세부적으로 분석한다. 두 번째, 자본수익 측면이다. 지금 현재 기준으로 해당 부동산의 매입 가격이 적절한지를 분석한다. 가급적이면 주변 시세보다 저렴한 가격에 매입하는 것이 좋고, 만약 주변 시세보다 비싸다면 합당한 이유가 있어야 할 것이다. 세 번째, 임대수익 측면이다. 해당 부동산을 보유했을 때 예상되는 수익률을 분석한다. 비교 기준은 최소한 은행권 대출금 이율보다는 높아야 할 것이며 주변 다른 부동산과도 비교하여 우위에 있는지 분석한다. 다섯 번째, 희소가치 측면이다. 해당 물건이 현재 시점에서 희소가치가 있는지 판단한다. 만약 구입하고자 하는 유형의 부동산이 주변에 너무 많거나 계속 짓고 있다면 그 부동산의 희소가치는 낮다고 할 수 있다. 대신 주변 다른 물건에 비해 확실한 비교우위를 갖고 있다면 그것은 희소가치가 있다고 판단할 수 있다. 이러한 관점에서 해당 부동산의 현재가치를 분석해보고 총 투가 가치 중 60%의 가중치를 반영한다. 크게 두 번째로 미래가치를 분석한다. 미래가치란 해당 부동산이 1년 이후, 10년 이후 그 가치가 어떻게 형성될 것인가 미리 판단해보는 것이다. 미래가치를 판단하는 일반적인 방법으로 도시계획, 공시지가 변동률, 인구 변동률, 주민 소득 변동률 등을 분석하여 판단하며 실질적 판단을 위해 현지에 있는 부동산중개소를 몇 군데 돌아다니면서 생생한 현장 정보를 듣는다. 이러한 과정을 통해 해당 물건의 미래가치를 판단하고 총 투자 가치 중 30%의 가중치를 반영한다. 크게 세 번째로 기타 사항으로서 정부의 정책방향, 부동산 정책 상황, 금리 변화, 대출 가능액 등을 분석하여 총 투자 가치 중 10%의 가중치를 반영한다. 최소 이러한 정도의 분석을 통해 투자 가치를 판단하되 무엇보다 중요한 것은 현장을 수없이 가서 보고 느끼고 하는 과정을 통해 최종 판단한다. 많은 전문가들이 부동산 투자를 할 때 가장 바람직한 투자처로 자신이 현재 거주하고 있는 곳에서 투자할 것을 권유하는 이유도 해당 지역을 정확히 알아야 실패의 확률을 줄일 수 있기 때문이다.

아울러 부동산 투자 시 매우 중요한 것 중 하나가 현지 부동산중개사로부터의 정보 획득인데, 내가 수십 년 동안 만나 본 부동산중개사들은 그 수준이 천차만별하였다. 나는 부동산중개사의 수준을 크게 네 단계로 나눈다. 가장 낮은 수준의 중개사는 무조건 거래를 성사시키기에 급급한 나머지 물건에 대한 분석만 철저히 하여 구매자에게 좋은 점만을 부각시키고 구매를 독촉하는 사람이다. 이러한 중개사들은 일단 거래가 성사되면 그 다음부터는 나몰라라 하는 경우가 대부분이다. 이러한 중개사의 말만 믿고 섣불리 투자했다가 낭패를 보는 경우를 왕왕 볼 수 있다. 다음 단계의 중개사는 물건의 장단점을 나름대로 분석하여 객관적인 입장에서 구매자에게 정확한 정보를 주려고 노력하는 중개사들이다. 그나마 이 정도의 중개사만 만나더라도 행운일 경우가 많다. 부동산중개사 시장이 워낙 과열 경쟁하고 있기 때문에 거래 성사에만 혈안이 된 중개사들이 우리 주위에 많기 때문이다. 다음 세 번째 단계의 부동산중개사부터는 고수에 해당한다. 해당 부동산의 장단점은 물론이고 지역의 특징, 풍수지리적 특징, 도시계획, 향후 발전전망 등 훨씬 더 깊은 관점에서 분석하여 구매자에게 정확한 투자 가치를 제공한다. 이 정도 수준의 부동산중개사는 최소 20년 이상의 경력을 가진 사람들이며 주변에 이미 소문이 많이 난 중개사들이다. 부동산을 투자하려면 최소 주변에 이런 정도의 고수를 한 명 정도는 가깝게 친분을 유지하는 것이 유리하다. 마지막으로 최고 단계의 부동산중개사는 고수 단계의 수준을 뛰어넘어 나름대로 역학을 공부하여 구매자의 사주팔자까지 연관시켜 구매자가 해당 물건과 합이 들었는지, 길한지 흉한지 등을 점검하여 투자 타당성을 분석해준다. 이 정도의 초고수는 지역에 그리 많지 않으며 나도 평생 몇 명 보지 못했다. 부동산 투자를 원하는 사람은 열심히 공부하여 본인이 최소한 고수 정도의 수준에 도달할 것을 권유한다. 만약 본인이 고수가 될 자신이 없다면 고수 수준의 부동산중개사를 찾아서 조언을 구하고 투자를 결정하기 바란다.

이어서 부동산 종류별 투자 방법과 유의사항을 알아보겠다.

가. 오피스텔[16)]

오피스텔은 오피스(office)와 호텔(hotel)의 합성어로 낮에는 업무를 주로 하되 저녁에는 일부 숙식을 할 수 있는 공간을 만들어 호텔 분위기가 나게 설계한 형태의 건축물을 말한다. 오피스텔은 주 용도가 업무시설이며 업무공간이 50% 이상이고 주거공간이 50% 미만인 건축물을 말한다. 건축법에서는 이를 업무시설에 분류하고 있어 주택에 포함되지 않기 때문에 주택 이외에 오피스텔을 소유하더라도 1가구 2주택에 해당되지 않는다. 실정법상 오피스텔은 건축물 분양에 관한 법률에 따라 업무용으로 사용하는 경우, 주택법의 적용을 받는 일반 주택과 달리 업무시설을 기준으로 하여 세금을 부과한다. 다만,

16) 부동산용어사전의 내용을 일부 발췌하여 편집함

업무용이 아닌 주거용으로 오피스텔을 사용하는 경우 종합부동산세의 대상이 될 수 있으며, 오피스텔 이외에 다른 주택을 소유하고 있으면 다주택자로 인정되어 처분할 때 양도소득세가 중과될 수 있다. 사실상 주거용 오피스텔인지 여부는 공부상 용도 구분 또는 사업자 등록 여부와 관계없이 주민등록 전입 여부와 그해 오피스텔의 내부 구조·형태, 취사시설 등 거주시설의 구비 여부 및 실질적으로 사용하는 용도 등을 종합해 판단한다.

이용자가 출퇴근할 필요 없이 하루의 일과나 생활을 한 공간 내에서 처리할 수 있는 편리성 때문에 변호사·회계사·세무사·교수·화가 등 전문직 종사자들이 많이 이용하고, 수출입 상사를 비롯한 중소기업체들도 분양받거나 임차하고 있다. 국내에서는 1985년 고려개발(주)이 서울 마포구에 지은 성지빌딩을 분양한 것이 효시로, 이후 수요가 급격히 늘어나 도심에 많이 공급되었다.

이러한 오피스텔은 투자자의 성향에 따라 호불호가 명확히 갈리는 특징이 있다. 오피스텔은 앞에서 언급한 투자 가치 측면에서 미래 가치가 가장 취약한 투자 유형이다. 왜냐하면 시간이 지날수록 건물은 노화되고 인근에 더 좋은 오피스텔들이 들어서기 때문에 수익률이 계속 낮아질 것이 확실하기 때문이다. 그런데 왜 오피스텔을 투자할까? 그것은 입지가 좋아 공실이 발생하지 않고 수익률이 좋은 오피스텔은 1억 원 내외의 돈으로 5년 이내 투자하여 확실한 수익을 보장받을 수 있기 때문이다. 5년이라는 시간은 5년이 경과하면 내부 리모델링을 위해 목돈이 들어가야 하고 오피스텔 건물 자체의 가치가 5년 정도 경과하면 많이 하락하기 때문에 5년 정도의 주기로 새로운 오피스텔을 찾아 투자처를 변경하는 것이 바람직하다. 위에서도 언급했듯이 오피스텔에 거주하는 사람은 대부분 전문직 종사자들이다. 이들은 비록 얼마의 돈을 더 지불하더라도 깨끗하고 좋은 오피스텔을 원하기 때문에 5년이 경과한 오피스텔은 시장에서 비교우위를 유지하기 어렵다.

오피스텔 투자는 가장 먼저 공실 가능성에 가장 중점을 두어야 한다. 만약 공실이 발생하면 기본적인 수익이 발생하지 않는 것은 물론이고, 해당 실의 관리비를 소유주 본인이 직접 지불해야 하기 때문에 수익 측면에서 오히려 손실이 발생하기 때문이다. 따라서 절대 공실이 발생하지 않을 곳에 투자하여야 한다. 오피스텔에 공실이 발생하지 않는 곳은 도시별로 조금은 차이가 있겠지만 도시의 최고 중심상권지역, 역세권, 관공서 밀집지역 등을 꼽을 수 있다. 반대로 원룸이 많은 지역, 舊 도심지역, 공장지대, 아파트 밀집지역 등의 오피스텔은 대체재가 많아 자칫 공실이 발생할 위험이 크다.

나. 원룸주택(One room house)[17]

원룸주택은 일명 '원룸'이라고 부르며 '하나의 주거공간에 생활에

17) 부동산용어사전의 내용을 일부 발췌하여 편집함

필요한 최소한의 설비를 갖춘 주택'을 말한다. 화장실을 뺀 전체 공간을 하나로 만든 형태의 주택이다. 스튜디오라 부르기도 한다. 도심의 지가와 주택가격이 높아 독신자용의 저렴한 주택으로 개발된 것으로 독신자나 신혼부부가 살기에 적당하다. 면적은 공급자에 따라 다르나 보통 화장실과 욕실, 싱크대, 에어컨 등이 설치된다. 원룸주택이 보급되면서 기존의 소규모 주택(방, 거실이 분리된 형태의 다가구주택)은 투룸 또는 원 베드룸으로 부르기도 한다. 주택법에 정해놓은 도시형 생활주택의 하나로 이 법에 정해 놓은 원룸형 주택은 세대별로 독립된 주거가 가능하도록 욕실·부엌이 설치되어 있으며, 욕실을 제외한 부분이 하나의 공간으로 구성되고, 세대별 주거전용면적은 12㎡~50㎡ 이하이며, 지하층에 설치되지 않는다. 일본에서는 일찍이 개발되어 수십 호의 유니트가 임대투자용으로 인기를 끈 적이 있으나, 우리나라는 최근에야 법제도를 정비하여 보급되고 있는데, 1인 가구가 증가하면서 나온 산물이다. 1996년 국내 최초 원룸텔 대치 1호점을 런칭한 베스트하우스(대표 고종옥)가 효시다.

최근 1인 가구의 증가로 전국적으로 원룸 공급이 활성화되고 특히 퇴직자들이 퇴직금을 투자하여 10~20세대 규모의 원룸 건물을 매입하고 이를 운영하여 노후자금으로 사용하기 위해 각광을 받고 있는 투자유형이다. 일부 투자자는 투자자금을 조달하기 위해 가족들이 살고 있던 아파트를 처분하여 자본금을 마련하고 자신들은 원룸 건물의 맨 위층에 거주하면서 직접 건물을 관리하면서 생활하기를 희망하는 경우도 많다.

원룸에 거주하기를 희망하는 사람들은 대부분 사회생활을 막 시작하는 젊은 사람들이며 결혼하기 전까지 생활비도 아끼고 돈을 모으기 위해서 거주한다. 이러한 원룸은 투자자 입장에서 신중히 판단해야 할 조심스런 투자유형이다. 왜냐하면 원룸은 입지에 따라 수익률이 차이가 많이 나고 미래가치도 매우 달라지기 때문이다. 원룸에 투자하기 위해서는 입지를 잘 선정해야 한다. 일반적으로 투자하기에 좋은 원룸은 역세권에 인접한 곳, 큰 도로에서 진입이 편한 곳, 대중교통 이용이 편리한 곳, 건물 주차장외 주차할 장소가 충분히 확보된 곳, 젊은 사람들이 많이 몰려있는 곳, 월세가 비싼 곳 등이다. 이왕이면 이러한 조건을 모두 갖추고 있는 곳이라면 가장 좋은 원룸이라고 하겠으며 대학가 주변 대로변에 있는 원룸들이 여기에 해당한다.

다. 상가와 점포

사전적 의미로 상가란 '이익을 얻으려고 물건을 사서 파는 집' 또는 '상점들이 죽 늘어서 있는 거리'를 말한다. 여기에서 상점이란 상가 점포의 줄임말이며, 점포란 '상품을 전시, 판매하기 위해 만들어진 건물'을 말한다. 나는 동일한 의미인 상가와 점포의 용어를 상가는 좀 더 크고 밀집된 건물에 위치한 것으로, 점포는 좀 더 작고 독립된 곳에 위치한 것으로 정의하고 설명하도록 하겠다. 따라서 점포보다 상가가 좀 더 가격이 비싸고 임대료도 비싸다.

흔히 상가는 목이 좋아야 한다고 한다. 목이 좋아야 사람들이 몰리고 매출도 쑥쑥 오르기 마련이다. 배후 인구는 물론이고 유동 인구가 넘쳐나 수익성이 보장되는 상가가 바로 목이 좋은 상가이다. 당연히 그런 상가를 찾는 일이 가장 중요하다. 그렇다면 목이 좋은 상가는 어디일까, 목이 좋은 상가를 고르는 방법은 여러 가지가 있겠지만 먼저 우리나라에서 가장 유명한 부동산 전문가 중 한 명인 고종완 한국자산관리연구원 원장이 블로그에 제시한 방법 10가지를 소개하고자 한다.

① '가시성'과 '접근성'이 뛰어나야 좋은 상가이다.

아파트는 동일한 입지 내의 유사한 면적이라면 가격의 차이가 크게 벌어지지 않는다. 하지만 상가의 경우는 전혀 다르다. 동일 건물이라도 금융기관, 학원, 병원 등 특수목적 업종을 제외하고는 사람들은 지하층으로 내려가거나 2층 이상으로 올라가는 것을 선호하지 않는다.

이 때문에 1층 가로 전면상가의 가격이 가장 높게 형성되면 지하층과 2층 이상 가격은 절반 이하다. 따라서 고객의 진입이 용이하고 가시성이 높은 상가가 좋다. 특히, 근린상가는 지나다가 눈에 보이기 때문에 들어가는 경우가 다반사다.

② 대형 할인점과 같은 영업 방해 시설이 없어야 한다.

인근에 대형 할인점이 있는 경우 호프집, 중개업 등 대형 할인점에 들어서지 않는 업종 일부를 제외하고는 대부분의 업종이 타격을 입는 경우가 많다. 심지어 인근의 아파트 내 상가까지도 악영향을 받는다.

이 밖에도 경쟁 상권이 폭넓은 지역, 손님 모으는 효과를 줄 만한 시설이 없어 사람들이 모이지 않고 흩어지는 곳, 외진 느낌이 들어 보행 동선이 끊기는 골목 등은 피해야 한다.

③ 노점상이 많다는 것은 유동인구가 많다는 뜻

노점상은 생존본능에 의해 움직이는 특징이 있다. 소위, 유동인구가 풍부하며 사람들의 접근성이 용이해 소비하기가 좋은 자리를 찾는 힘이 그들에겐 있다. 노점상이 많이 모인 곳 위주로 점포를 물색하면 좋은 상가를 찾기 위한 시간을 절약할 수 있다. 예컨대 명동, 홍대, 인사동, 대학로 상권 등이 대표적이다.

④ 주변에 유명 패스트푸드점 등이 있으면 좋다

유명 브랜드가 입점한 지역은 대체로 상권 내 일급지를 뜻한다. 집객력(集客力)이 우수한 유명 브랜드의 입점이 해당 상가를 포함한 주변 상가건물의 임대 가격과 건물 가격 상승을 촉발시키기도 한다.

실제로 유명한 프랜차이즈 본사는 위치가 좋지 않으면 홍보 효과가 떨어지므로 점포개설 허가를 내주지 않는 경우도 허다하다. 금융기관, 영화관 등의 입점도 유사한 영향을 미친다. 신사동 가로수길, 꼼데가르송길 등이 대표 사례다.

⑤ 빈 점포나 공실이 있는 상가는 피하는 게 상책

공실이 있는 상가는 장사가 잘 안될 뿐더러 자산가치가 떨어진다.

1층의 경우는 대체로 공실이 잘 나지 않으므로 공실 여부는 1층만 살펴볼 것이 아니라 2층 이상의 점포도 함께 살펴보자. 예컨대, 기존 상가의 경우 전체 점포 수 대비 20~30% 이상의 공실률을 기록한다면 일단 해당 상가 투자는 피하는 게 상책이다.

⑥ 권리금이 존재한다는 건 영업이 잘된다는 의미

권리금이 존재한다는 것은 영업이 잘된다는 의미로써, 상권 혹은 상가의 가치도 높다고 할 수 있다. 권리금은 통상 1년간의 영업 순이익을 말한다. 따라서 권리금과 월세가 꾸준히 오른 지역, 상가가 활성화되는 곳의 상가는 다소 비싸더라도 상가로써의 미래가치가 높다.

⑦ 대형 백화점 옆이나 주변 상가는 계속 진화한다

백화점에 유입되는 사람들은 비교적 중산층 이상의 구매력 소유자로서 매출과 이익률이 높은 상품을 선호한다. 인근에 있는 중소형 상가들도 수혜를 입는 경우가 많다.

아울러, 랜드마크 기능도 있어서 그 위치성을 인지하는데 유리해 상권의 성장 및 투자가치를 높이기도 수월하다. 예컨대 잠실 제2롯데월드 인근, 삼성동 현대백화점, 수서 KTX 복합 역세권 개발지구 등을 꼽을 수 있다.

⑧ 다가구 · 다세대 · 아파트 등 혼합될수록 수요 풍부

다가구나 다세대, 연립, 아파트, 단독주택 등 여러 유형의 주거양식이 혼재된 지역의 경우는 인구밀도가 높고 세대 수, 사람 수도 많은 편이다. 다양한 계층이 존재하고 있어서 장사도 잘된다. 따라서 이런 지역의 근린상가는 안정적인 수익을 얻을 수 있는 장점이 있다.

⑨ 대중교통망이 획기적으로 확충되는 곳을 택하라

새로운 도로가 예정된 곳, 지하철 노선이 개통예정지역, 환승 역세권 등의 상가는 유망하다. 유동인구 증가와 접근성을 높여 주는 것은 상가의 매출 및 이익과 직결된다. 예컨대 9호선 연장선으로 개통예정인 방이동 먹자시장, 방이 사거리, 석촌역 사거리 등이 주목된다.

⑩ 현재보다는 미래가치 창출이 가능한 상가에 투자하라

낡은 상가를 증축, 개축, 재축을 포함해 건물의 외관이나 내부수리로 상가 가치를 높이거나 죽은 상가를 살리는 방법이 없을까? 역세권의 위치가 좋은 입지라고 한다면 리모델링을 통해 건물가치를 높이거나, 주거시설을 사무실, 음식점 등 근린생활시설로 변경해 부가가치를 창출하는 방법도 있다.

성인 대다수의 희망사항 중 하나가 임대사업자다. 여유로운 삶, 원하는 일을 하면서 구속받지 않는 생활을 위해 상가 구입에 관심을 기울인다. 자본 이득과 꾸준한 임대수익이라는 두 마리 토끼를 잡을 기대심리가 있다. 좋은 상가를 구입하는 데는 많은 지식과 비용, 발품, 경험이 필요하다. 무엇보다 본인의 능력과 특성을 파악하고 자신만의 명확한 기준을 세워서 구입하는 것이 중요하다. 좋은 상가를 고르는 것만큼이나 상가를 관리하고 수익을 내는 것 또한 어렵다.

최근 한국 경제가 장기 침체에 빠져있는 가운데 특정지역을 제외하고는 구도심, 신도심 할 것 없이 상가 공실이 늘고 있다. 국토교통부에 따르면 2015년 4/4분기를 기준으로 공실률은 중대형상가 10.3%, 소형상가 5%, 사무실 13%를 기록했다. 일부 지역이나 임대료가 높은 곳에서는 15% 이상의 공실률이 나타나기도 한다. 상가의 임대수익은 자영업의 모습과 무관하지 않다. 통계청 자료에 의하면 자영업자 573만 명 시대, 10명 중 3명은 자영업자다. 자영업을 시작해서 3년을 버틴 창업주는 46.6% 수준이며, 이들의 월평균 순수익은 149만 원이다. 하루 20건 이상의 폐업문의가 있으니 폐업이 창업비율을 크게 앞지르고 있다.

상가 공실이 경제의 장기 침체만이 원인일까? 지속적인 수익 창출을 위한 건물주의 관심과 노력이 있어야 한다. 공실이 생기는 가장 근본적인 원인은 임차인이 입주를 꺼리는 데 있다. 건물의 높은 대출비율은 임차인과 부동산중개사들이 가장 기피하는 요소이다. 건물이 경매가 진행된다면 보증금은 월세로 대체가 되지만 시설투자비는 받아낼 방법이 없다. 이는 집객력(集客力)이 높은 임차인 유치가 어렵기 때문이다. 높은 임대료도 공실률을 높인다. 장기간 상가를 공실로 두면 소비자가 그 상가를 외면할 수 있는 문제가 생기고 심지어 지역 이탈 현상이 가속화될 우려가 있기 때문에 전체적인 상권의 침체를 가져올 수 있다. 임대인은 건물 내의 임차인이 다양한 이유(면적확장·높은 임대료·리모델링·관리비 과다지출·신축 건물로의 이전 등)로 인근 상가로 옮기고 싶어 하는 잠재수요가 반드시 있음을 염두에 두어야 한다. 집객력(集客力)이 높은 병원, 은행, 유명 브랜드, 태권도장 등의 유치에 적극적으로 나서야 한다. 우량 임차인의 입점은 적지 않은 시설투자비로 장기 계약이 가능하며 임대료가 밀릴 염려가 줄어들고 깨끗한 인테리어로 건물 외관에도 좋은 영향을 준다. 또 새로운 임차인 유치에도 도움이 되고 좋은 가격에 매도되기 쉽다는 이점도 있다.

최근 유명 브랜드의 변화에도 예의 주시해 보자. 가시성이 뛰어나고 접근성이 좋은 A급 자리에서 이면도로의 건물로 옮기거나 B급의 대형 매장으로 이동하는 현상을 볼 수 있다. 트렌드에 딱 맞는 업종이 입점한다면 그 자리는 최상의 가치로 빛을 발하게 될 것이다. 임대인은 갑의 지위를 갖는 건물주가 아닌 관리자의 마음으로 임차인과 긴밀하게 소통할 수 있는 통로를 만드는 것이 중요하다. 내 것이 아니고 건물을 관리한다고 생각하면 한 발 물러서서 상황을 객관적으로 바라볼 수 있다. 더 나아가 임차인과 상생하는 관계로 발전하게 된다. 임차인은 최고의 파트너이자 내 건물의 가치를 올려줄 수 있는 사람이다.

지역 선택과 입지 선택을 끝냈다면, 투자자들은 낡은 건물을 리모델링할지 아예 헐고 새로 신축하는 방안이 더 유리한지를 판단해야 한다. 모든 투자자는 임대가 잘 돼있고, 깨끗한 건물의 매입을 희망하기 마련이다. 하지만 이런 건물은 시중에 매물이 많지 않을뿐더러 매매가격도 높다. 예산에 맞추다 보면 처음 생각했던 규모에 미치지 못

해 마음에 들지 않는 데다 가격 조정도 쉽지 않다

투자자 입장에서 낡은 건물을 매입해 리모델링을 하는 방법은 과연 이익이 될까? 결론부터 말하면 '그렇다.' 일반적으로 오래되고 낡은 건물은 이미 상권이 검증된 도심권에 입지하고 있어서 향후 활성화될 여지가 많으며 도시재생, 인구 흡입시설 증가 등으로 유동인구 증가, 상권 확대 가능성이 크다는 장점을 가지고 있기 때문이다. 그럼에도 건물이 노후화된 관계로 매매가격이 상대적으로 낮아 리모델링 비용을 합해도 온전한 새 건물을 인수하는 것보다 투자비가 적게 드는 사례가 많다. 예컨대 평(3.3㎡)당 리모델링 비용은 150만 원 내외로 신축비용의 3분의 1 이하 혹은 절반에 불과하다.

이런 건물을 찾아서 저가 매물을 노리거나 경 · 공매를 통해 시세보다 낮은 가격에 매입하는 방법은 매우 유효하다. 하지만 빌딩과 상가건물은 리스크가 크다. 경 · 공매를 받는 방법, 리모델링과 새로운 임차인을 찾는 방법, 상권과 상가를 활성화하는 구체적인 전략이 없어서 생기는 리스크를 극복할 수 있는 실천계획을 수립하는 것이 쉽지 않다. 따라서 믿을 만한 전문가의 도움을 받거나 체계적으로 공부하는 것이 빌딩부자가 되는 지름길이다.

라. 아파트[18)]

18) 한국민족문화대백과의 내용을 일부 발췌하여 편집함.

사전적으로 아파트(apartment)는 공동주택 양식의 하나로써 5층 이상의 건물을 층마다 여러 집으로 일정하게 구획하여 각각의 독립된 가구가 생활할 수 있도록 만든 주거 형태이다. 공동주택이란 대지(垈地)·복도·계단 및 설비 등의 전부 또는 일부를 공동으로 사용하는 곳으로, 각 세대가 하나의 건축물 안에서 각각 독립된 주거생활을 영위할 수 있는 구조로 된 주택을 말한다.

아파트는 각 세대의 단위평면으로 이루어지는 주택들이 수평으로 연결되고 상하층으로 집합되어 형성된다. 아파트는 공동의 시설을 가지는 5층 이하의 저층과 엘리베이터를 주로 사용하는 6~15층의 고층으로 구분된다. 고대에도 4, 5층의 건물이 있었으나 근대의 아파트는 산업혁명 이후 노동자의 주거에서 비롯되었다. 제2차 세계대전 이후 전 세계를 통하여 나타나고 있는 도시인구 집중과 도시화 추세는 자연과 인간들 사이에 큰 변화를 가져 오게 되었다. 각종 활동 및 시설의 집중현상은 도시 지가(地價)의 폭등을 가져오고, 따라서 토지 이용의 효율이 높은 아파트의 건설을 촉진하게 되었다.

우리나라는 국토의 약 70%가 산야로 이루어져 있고 나머지 30%가 농경지와 도시 및 촌락용지로 사용되고 있으므로, 주택을 위한 택지가 부족하다. 근래에 더욱 도시의 주택 수가 늘어남에 따라 도시 주변의 농경지가 잠식되고 있는 실정에 있다. 이러한 도시 팽창의 문제점을 해결하기 위해서는 아파트의 고층화가 필요하다. 그러므로 아파트는 현대사회가 불가피하게 만들어 내는 도시의 주거 형태라고 할 수 있다.

이지평·이근태·류상윤은 '우리는 일본을 닮아 가는가'(2016)에서 우리나라의 생산가능인구(만 15~64세)가 2017년부터 처음으로 감소하기 시작하였다. 2016년 3,704만 명으로 정점을 찍은 우리나라 생산가능 인구는 매년 1%씩 감소하여 2036년에는 3,045만 명으로 약 700만 명이 줄어들 것으로 전망하였다. 이러한 인구 절벽의 충격파가 가장 먼저 도달하는 곳은 주택산업이 될 것이다. 30~50대는 2014년 기준 우리나라 전체 아파트의 76%를 보유하고 있을 정도로 부동산 시장의 '큰 손' 역할을 해왔다. 하지만 30~50대가 전체 인구에서 차지하는 비중은 현재 약 48%에서 2030년이면 42%로 떨어지며 절대 숫자도 240만 명 정도 감소할 것으로 예상된다. 우리보다 일찍 인구 절벽을 경험했던 일본의 경우 맨 먼저 부동산 거품이 꺼지고 신규 주택 건설이 하락세로 접어들었었다. 일본의 생산가능 인구는 1995년 8,660만 명으로 정점을 찍은 뒤, 2015년 7,696만 명까지 줄었다. 20년 사이 주요 소비층이 약 1,000만 명이 줄어든 것이다. 이러한 생산가능 인구의 감소는 자산 버블 붕괴와 함께 일본의 장기 불황의 주요 원인이었다고 한다.

류재광 상성생명 은퇴연구소 수석연구원은 2017년 조선일보에 실은 기고문에서 1990년대 후반 부동산 거품이 꺼지고 지난 20년간 전혀 미동도 하지 않던 일본 부동산 시장이 최근 꿈틀대고 있다고 한다. 물론 일본 부동산의 활황은 도쿄 등 일부 대도시 도심에 제한된 이야기이지 일본 전체가 그렇다는 것은 아니다. 도쿄를 중심으로 일부 부동산 붐이 일어나고 있지만 지금도 일본 전국적으로 보면 팔려고 내놓았으나 안 팔리는 빈집이 820만 채나 된다고 한다. 도쿄에서도 조금만 낙후된 동네에 가면 잡풀이 우거져 폐허가 된 빈집이 곳곳에 있는 실정이다. 우리가 주의 깊게 볼 것은 '어떤 곳이 폐허가 되고 어떤 곳이 다시 뜨는가' 하는 점이다. 일본과 같이 저출산·고령화 시대로 진입하고 있는 우리나라도 이에 대비할 힌트를 얻을 수 있을 것이다.

요즘 일본은 대도시건 시골이건 상업·주거·행정 기능이 점점 중심지로 몰리는 '콤팩트 시티(Compact City)'가 확산되고 있다. 고령화로 인해 늘어난 어르신들이 구청까지 못 오면 구청 직원이 댁으로 찾아가야 하는데 도시가 넓으면 왔다 갔다 하기 어렵기 때문이다. 어린이집·학교·마트·약국·병원·관공서 등도 모여들고 있다. 일본 정부와 지자체도 이런 도심 집중을 적극 유도하고 있으며 이런 콤팩트 시티 기능을 하는 곳 주변은 부동산 시장이 활기를 띠고 있다고 한다.

현재 우리나라의 아파트 시장을 전망할 때 일본의 부동산 버블이 꺼졌던 1990년대 후반과 유사하다는 전문가들이 많다. 우리나라도 일본처럼 장기 침체기를 겪을지 아니면 지혜로운 정부 정책으로 현명하게 잘 조치되어 안착할 지는 미지수이지만 어떠한 상황에서도 좋은 아파트는 그 가치를 오래 유지한다. 또한 아파트는 생활하기에 좋은 아파트와 투자하기에 좋은 아파트가 분명히 차이가 있음을 주지하고 투자에 신중을 기해야 할 것이다.

먼저 생활하기에 좋은 아파트는 여러 가지 조건들이 있고 이러한 조건들에는 우선순위도 있다. 좋은 아파트의 조건을 일반적인 우선순위로 설명하면 아래와 같다.

① **역세권** : 부동산용어사전(2011)에 의하면 역세권이란 역을 중심으로 다양한 상업 및 업무활동이 일어나는 세력권을 의미하며, 역을 이용하는 주민의 거주지, 상업지, 교육시설의 범위를 말한다. 역세권의 개발 및 이용에 관한 법률의 역세권은 철도역과 그 주변지역을 말하며, 보통 철도(지하철)를 중심으로 500미터 반경 내외의 지역을 말한다. 역세권은 모든 전문가들이 좋은 입지 조건의 일순위라 이야기한다. 지방은 다소 차이가 있지만 특히 교통이 복잡한 서울은 좋은 아파트의 필수 조건이다.

② **교통 편리** : 일명 '앞 버스 뒷 택시'라는 말이 신조어로 등장할 정도로 중요성이 강조되는 사항으로써 아파트 앞에 시내버스 노선이 많고, 뒤로 돌아가면 바로 택시를 잡기에 편한 곳을 의미한다. 또한 지금은 집집마다 자동차가 있어 자동차를 주요 교통수단으로 사용한다. 아파트로 들어가고 나오는데 복잡하고 좁은 도로에 주차된 차량이 많아 불편한 곳은 좋은 아파트에 포함되기 어렵다. 큰 도로에서 진출입하기에 편한 곳으로써 도로에서 곧바로 아파트로 들어가기에 편하고 아파트에서 나오자마자 바로 큰 도로에 진입할 수 있는 곳을

좋아한다.

③ **좋은 교육환경(학군)** : 가족 구성원의 연령대에 따라 차이가 있지만 우리나라 각 가정에서는 자식의 교육환경을 집 위치 선정의 가장 중요한 요소 중 하나로 생각한다. 주변에 좋은 중·고등학교가 많고 학원가가 밀집한 곳의 아파트 값은 떨어지지 않고 올라가면서 유지되는 경향이 있다. 서울 강남의 대치동 일대, 광주광역시의 봉선동 일대 아파트 가격이 계속 상승 곡선을 유지하는 이유가 학군과 학원가 덕분이라는 것은 모두가 인정하는 사실이다.

④ **향(向)과 조망(眺望)** : 향(向)은 아파트가 정면으로 바라다 보이는 방향이고, 조망(view)은 아파트에서 바라다 보이는 경치를 말한다. 먼저 방향은 대부분 남향 아파트를 선호하고 다음으로는 남동향이나 남서향을 선호하며 기타 방향의 아파트는 선호하지 않는 경우가 많다. 조망은 멀리 보일수록 좋아하기 때문에 고층 아파트를 선호하고 바라다 보이는 경치가 좋은 곳을 선호한다. 특히 많은 시간을 집에서 생활하는 노년 부부들은 좋은 아파트의 일 번 조건을 향과 조망에 둔다.

⑤ **좋은 브랜드의 대단지** : 이 조건은 개인별 편차가 크게 나타나는 요소이다. 그러나 현실은 많은 사람들이 아파트를 선택할 때 소위 메이저, 1군 브랜드 아파트를 선호한다. 왜 그런지 이유는 일부 아파트에 대한 광고의 의미가 내포될 우려가 있기 때문에 구체적으로 적

시하지 않겠다. 아울러 대단지 아파트는 공동 관리비가 적고 각종 편의시설이 잘 갖춰져 있으며, 인프라가 잘 정비되어 있고 단지 내 조경도 잘 되어 있어 생활하기에 쾌적하다.

⑥ **새 아파트** : 삶의 질이 중요한 가치가 되면서 가격이 비교적 저렴한 기존 아파트 대신 새 아파트를 구입하려는 인구가 늘고 있다. 노후된 아파트는 입주 후 수리비용이 따로 들고 편의 시설과 주차 공간이 부족하여 거주하기에 불편함이 있다. 반면 새로 지은 아파트는 피트니스 센터나 키즈 카페 등 다양한 커뮤니티 시설과 풍부한 녹지, 넓은 주차장 등을 갖추고 있어 입주민이 보다 편리하고 쾌적한 환경에서 생활할 수 있다. 특히 2014년부터 신축된 아파트는 층간소음을 줄이기 위해 바닥시공 기준을 일정 두께와 소음 성능 두 가지 요건 모두를 충족하도록 시공되었기 때문에 생활하는데 더 안락하며 새 아파트는 여자들이 생활하기에 편리한 방향으로 발전하고 있기 때문에 대부분의 여자들은 이왕이면 새 아파트를 선호한다. 새 아파트의 기준을 정확히 규정된 것은 없지만 나는 입주 후 4년까지를 새 아파트라 생각한다.

⑦ **대형마트나 백화점 인접** : 걸어서 대형마트나 백화점을 갈 수 있는 곳에서 사는 것을 여자들은 선호한다. 거의 매일 또는 주 1회 이상 가는 곳이기 때문에 그러한 곳에서 살게 되면 차량 이동에 의한 추가 비용과 시간을 절감할 수 있다.

⑧ **관공서와 대형병원 인섭** : 시청이나 구청 등 관공서가 인접해 있으면 각종 민원업무에 편리한 점도 있지만 치안과 질서 유지, 쾌적한 환경을 유지한다. 아울러 나이가 들수록 병원을 찾을 일이 많아짐에 따라 대형병원이 인접해 있으면 매우 편리하다.

⑨ **문화시설, 녹지 풍부** : 아파트 주변에 휴일이나 여가시간에 자유롭게 드나들면서 여가를 즐길 수 있는 곳이 있으면 금상첨화이다. 특히 나이가 들수록 건강을 생각하여 걷는 인구가 많아짐에 따라 아파트에서 도보로 접근이 쉬운 녹지가 주변에 위치해 있다면 선호하는 아파트에 속한다.

⑩ **유해 환경이나 소음이 없는 곳** : 위 9가지가 필요한 사항들이었다면 이번 조건은 있어서는 안 되는 조건이다. 아파트와 인접해 유흥업소 밀집지역, 모텔 단지 등이 있다면 결코 살기 좋은 곳이라 할 수 없다. 아울러 비행기가 비행하는 회랑, 기찻길 인근, 대로변 등 소음이 심한 지역이나 대형 경기장, 공원 등이 있어 불빛이 계속 비춰지는 곳 역시 살기에 좋은 아파트는 아니다.

위 조건들은 살기 좋은 아파트의 일반적인 조건 중 내가 주관적으로 우선순위를 정하여 설명하였다. 세대별로 살기 원하는 아파트의 조건과 우선순위가 차이가 있을 것이다. 세대별 살기 원하는 아파트의 조건 우선순위는 아래 표와 같다.

신 혼	역세권, 교통편리, 교육환경, 새 아파트, 대단지, 마트 인접
중 년	교육환경, 역세권, 교통편리, 브랜드, 새 아파트, 마트 인접
노 년	향과 조망, 병원, 역세권, 관공서, 문화시설/녹지, 조용한 곳

[세대별 살기 좋은 집 조건]

다음으로 투자하기 좋은 아파트도 살기 좋은 아파트와 조건은 유사하다. 그러나 지금 당장 살기에 좋은 측면보다는 미래에 가격이 상승할 가능성이 큰 아파트를 선택해야 한다. 투자하기 좋은 아파트를 판단하는 방법은 앞부분 부동산 개요 편에서 설명한 '부동산 투자 가치를 판단하는 방법'을 그대로 준용하면 된다. 다만 투자 가치를 판단할 때 최근 10년 간 공시지가 변동률과 인접 아파트들의 매매가(전세가) 변동률을 통해 내재가치를 평가하고, ①인구 및 가구 수 변화 추이(인구밀도), ②지역 소득변화 추이, ③대중교통 등 기반시설 계획, ④국토, 도시계획, 각종 개발계획 등 각종 지표들을 분석하여 미래가치를 평가한 후 투자 여부를 결정해야 한다.

추가적으로 우리나라의 경기가 점차 하강 국면에 진입하고 있고 인구증가율이 감소하고 있으며 노인 인구의 비율과 1인 가구의 비율이 빠른 속도로 증가하고 있다는 점 등을 참고하여 소도시보다는 대도시에, 넓은 평수 보다는 좁은 평수의 아파트에 투자하는 것이 위험을 줄이고 안정적인 수익을 창출할 것이라고 예상한다.

마. 토 지

토지에 대한 투자는 부동산 투자 방법 중 가장 어렵고 심오한 부분이다. 나도 토지에 직접 투자해서 수익을 얻은 경험은 많지 않다. 따라서 이 부분은 토지 투자 전문가들의 이야기를 종합하였으며, 특히 '3시간 공부하고 30년 써먹는 부동산 시장 분석 기법'의 저자인 구만수 박사가 각종 강연에서 이야기 한 내용들이 많이 포함되었음을 밝혀 둔다.

결론적으로 "토지 투자는 함부로 하지 말라"는 것이다. 그 이유는 첫째, 토지는 소액으로 돈을 벌 수 없다는 것이다. 토지 투자는 최소 몇 억 원 이상의 돈이 필요하고 또 그러한 투자를 통해 수익이 발생해도 세금으로 많은 돈이 소요되기 때문에 정작 내가 거둘 수 있는 수익은 많지 않다. 둘째, 토지 투자는 환금성이 떨어진다는 점이다. 토지에 투자하여 그 가치가 아무리 많이 상승해도 정작 그 토지를 팔기 전까지는 절대 수익을 실현할 수 없다. 특히 가격이 많이 오른 토지일수록 거래가 쉽게 이루어지지 않으며, 내가 팔고 싶을 때 마음대로 팔 수 없으면 아무 쓸모가 없다.

일반인들이 기획부동산을 접하게 되는데 그들은 이미 개발이 확정된 지역 주변의 전혀 추가 개발 계획이 없는 토지를 아주 저렴한 가격에 매입하여 매우 비싼 가격에 되파는 형식으로 일반 투자자들을 현혹하고 이러한 이야기에 현혹되어 많은 돈을 소모한 사례를 우리는 많이 볼 수 있다. 특히 최근에는 일반적인 투자 권유에 일반인들이 현혹되지 않기 때문에 일반인들을 고용하여 월급과 수당을 주는 조건으로 주변인들을 동참시키게 하여 집안 전체가 모두 투자하여 손해를 보는 사례도 심심치 않게 나타나고 있다.

만약 토지 투자를 꼭 하고 싶다면 회사나 공장 그리고 대규모 시설을 운영하시는 분의 경우 토지를 사서 자기 건물을 직접 건축하여 운영할 것을 권유한다. 왜냐하면 도시 외곽의 저렴한 토지를 매입하여 건물을 건축하고 열심히 운영하여 더 이상 빚지지 않고 현상만 유지한다면 세월이 지난 후에 그 토지 가격이 상승하여 많은 수익을 보장하기 때문이다. 또한 매입하려고 하는 토지에 대한 정확한 분석이 가능할 경우 투자해야 한다. 예를 들면 토지를 매입하여 얼마 동안 보유하고 있다가 토지 가격이 상승하면 팔겠다는 수익 목적용 투자(이럴 경우 비사업용 토지라 하여 상대적으로 많은 세금을 부담해야 한다), 토지를 매입하여 주택을 짓겠다는 등의 사용 목적용 투자 등 토지를 어떻게 사용할 것인가에 대한 정확한 분석이 가능할 경우 투자를 해야 한다는 것이다. 그런데 토지는 다른 부동산과 다르게 토지이용제한과 도시관리계획, 용도지역 등 너무나 많은 관련 규제들 때문에 아무 토지나 내가 마음대로 원하는 행위를 할 수 없다. 자칫 잘못 투자를 하면 낭패를 보기 십상이다.

특히 부동산 투자를 조금 안다는 분들이 토지 투자 방법과 관련하여 토지 투자는 도시 외곽의 가격이 저렴한 밭이나 논을 매입하여 일정한 시간을 기다리면 도시계획에 의해 도시가 팽창되고 자동적으로 토지의 가격이 상승하기 때문에 많은 수익을 얻을 수 있다고 한다. 그런데 이 이야기가 지금까지는 어느 정도 맞았을지 모르지만 앞으로는 그렇지 않다고 생각한다. 왜냐하면 우리나라는 이제 개발의 시대가 끝났고 관리의 시대로 가고 있으며, 관리의 시대에는 도시 팽창정책 보다는 도심 재개발, 재건축에 역량을 집중하기 때문에 자칫 도시 외곽의 개발 전망이 불투명한 토지를 샀다가 영원히 팔지 못하고 자식들에게 유산으로 물려주어야 하는 상황에 직면할 수도 있는 것이다. 이제는 오히려 재개발, 재건축이 예상되는 지역의 오래된 주택을 매입하는 것이 더 많은 수익을 보장할 수 있다. 아울러 남북화해무드에 편승하여 비무장지대 개발 운운하는 경우가 있는데 오히려 그곳은 국립공원으로 묶여버릴 가능성이 더 크기 때문에 투자에 신중을 기해야 한다. 접경지역 투자도 조심해야 한다.

토지에 대한 투자의 성공 여부는 그 토지의 미래가치에 있다. 물론 유동성이 증가하면서 자연적으로 공시지가가 올라가는 경우도 있지만, 내가 소유하고 있는 토지가 그린벨트 해제, 공단 조성, 대학 건립, 도시계획 변경 등 어떤 갑작스런 개발계획에 의해 그 가치가 폭등하는 사례들도 많다. 그렇다고 토지를 사면서 마치 복권에 당첨되듯이 무작정 자신의 운명을 기대하면서 투자할 수는 없는 노릇이다. 그럼 어떤 토지를 사야 이러한 개발 호재를 만날 가능성이 높은지 알아보도록 하겠다.

좋은 땅은 좋은 땅이다. 좋은 땅에는 좋은 기운이 있다. 풍수지리 관점에서 보면 양기가 서려있는 땅, 좋은 기운을 가지고 있는 땅이

한마디로 좋은 땅이고 그러한 땅은 건물을 짓던 집을 짓던 또는 거기에서 어떤 행위를 하던 간에 좋은 결과를 얻게 된다.

개발 호재를 스스로 창출하기 위해서는 어떠한 곳이 주로 개발 되는지를 알아야 한다. 정부 입장에서는 사람들이 많이 밀집되어 살고 있는 곳은 땅 가격이 많이 올라 있어 대규모 개발 프로젝트를 하지 않는다. 왜냐하면 그 땅값 보상만으로 너무 많은 예산이 소요되기 때문에 최대한 적은 비용으로 그 토지를 구매할 수 있는 지역을 선호하는 편이다. 아울러 개발 호재 지역은 이미 도로가 난 지역을 선호라고 만약 도로가 놓여있지 않다면 도로를 건설하기 좋은 지역이 개발하기에 편하다.

미래에 가치가 상승할 수 있는 좋은 땅은 몇 가지 조건을 갖추고 있다. 도시와 가까운 곳, 주변에 기반시설이 가까운 곳(역, 관공서, 대학교, 대형병원, 터미널, 선착장 등), 대로변과 가까운 곳, 배산임수의 지세에 남쪽을 향하는 땅, 평(3.3㎡)당 가격이 10만 원 미만인 땅, 주변 지역을 내려다 볼 수 있는 곳, 진입로가 확보된 곳 등이다.

주변에 기반시설이 가까운 곳 (역, 관공서, 대학교, 대형병원, 터미널,선착장 등) 대로변과 가까운 곳, 배산임수의 지세에 남쪽을 향하는 땅, 평당 10만 원 미만 주변지역을 내려다 볼 수 있는 곳, 진입로가 확보된 곳, 도시와 가까운 곳,

[미래에 가치가 상승할 수 있는 토지]

토지에 투자하는 가장 바람직한 방법은 도시 외곽의 도로와 인접하거나 이용이 편리한 곳에 주유소나 창고, 공장 등 넓은 면적이 소요되는 건물을 짓거나, 개발이 어려운 지역에 유치원, 인도어 골프장 등을 건축하여 그 수입으로 일정기간 유지를 하다보면 자연스럽게 그 토지 가격이 상승하고, 만약 개발 호재를 만나면 대박 수익을 창출하는 방식으로 토지에 투자할 것을 권유한다.

2장 성공한 40대 부자의 사례에서도 설명하였지만 서 사장은 약 15년 전 지방 대도시에서 건설회사를 창업하여 컨테이너 한 동을 갖고 사업을 시작하였는데 이 컨테이너를 둘 공간이 없어 여러 곳을 전전하다가 약 12년 전에 생산녹지인 토지 2,000평을 평(3.3㎡)당 50만 원에 구입하여 컨테이너 두 동을 놓고 사업을 하다가 그곳에 200평 규모의 창고를 지어 모 제과회사에 물류창고로 임대하고 지붕에는 100kw 규모의 태양광발전설비를 갖추어 운영하였다. 그 결과 매달 임대료와 태양광발전 수익금으로 총 700만 원 이상 고정수익을 얻게 되었으며 12년이 지난 지금은 토지 대금이 평(3.3㎡)당 300만 원을 초과하여 토지 대금만 600%의 수익을 창출하게 되었다고 했다. 이러한 투자가 토지 투자의 정석이고 우리나라 대기업들은 대부분 이러한 방법으로 기업의 이익을 극대화하고 있다.

08

태양광발전사업

태양광발전은 발전기의 도움 없이 태양전지를 이용하여 태양빛을 직접 전기에너지로 변환시키는 발전방식이다. 태양광발전의 장점은 공해가 없고, 필요한 장소에 필요한 만큼만 발전할 수 있으며, 유지보수가 용이하다는 것이다. 반면에 전력생산량이 일조량에 의존하고, 설치 장소가 한정적이며, 초기 투자비와 발전단가가 높은 단점이 있다.[19] 태양광발전사업은 땅이나 건물 위에 태양광발전설비를 설치하여 태양의 빛 에너지로부터 전기를 생산하고, 생산된 전기를 한국전력 및 발전회사(신재생에너지 의무생산업체)에 판매하여 수익을 창출하는 사업이다. 여기에서는 2018년 현재 태양광발전사업자 분양의

---

19) 두산백과사전의 정의를 발췌하여 작성함

최소 단위인 99kw/h를 토지에 건설하였을 때 기준으로 태양광발전 설비비용, 월 예상수입 및 지출, 수익률, 유의사항 등을 알아보고자 한다.

먼저 태양광발전사업을 이해하는 데 필요한 용어들에 대하여 설명하면

◦ **KW**(Killo Watt) : 전력의 기본단위

◦ **KW/h**(Killo Watt/Hour) : 시간당 생산한 전력의 기본단위

◦ **SMP**(System Marginal Price correction factor, 한국전력이 발전회사로부터 전력을 구매할 때 적용하는 할인율) : 석탄, 원자력 등 발전원에 따라 다르게 적용하는 가격조정률. 한전이 전력을 기준 가격보다 저렴하게 구매하기 위해 발전자회사들에게 적용하는 일종의 할인 지수로, 보정계수 수치가 낮아지면 한전이 발전자회사들로부터 구매하는 전력비용이 줄어든다. 전력거래시장에서 보정계수는 개체들의 균형과 형평성을 맞추기 위한 장치로 쓰인다. 발전원에 따른 전력 생산원가가 다른 만큼 가격도 달리해 발전원가와 구매가의 차이를 조정하고 한전 발전 자회사 간 재무 형평성을 맞추기 위해 2008년 도입되었다.[20] 한국전력에 판매하는 전력의 단가로 통용되는 용어이다.

◦ **REC**(Renewable Energy Certificate, 신재생에너지공급인증서) : 일명 '신재생에너지 의무발전인증서'라고 하며, 발전설비 용량이

20) 시사상식사전의 정의를 발췌하여 작성함

500메가와트(MW) 이상인 발전사업자는 신재생에너지를 의무적으로 발전해야 하며 정부에서 인증서를 받아야 한다. 대상 사업자는 2018년 현재 총 21개사(한국수력원자력, 남동발전, 중부발전, 서부발전, 남부발전, 동서발전, 지역난방공사, 수자원공사, SK E&S, GS EPS, GS 파워, 포스코에너지, 씨지앤율촌전력, 평택에너지서비스, 대륜발전, 에스파워, 포천파워, 동두천드림파워, 파주에너지서비스, GS동해전력, 포천민자발전[21])이다. 인증서는 의무 대상자가 정부에서 발급받는 것으로 자체 설비를 갖추거나 외부 신재생에너지 발전사업자의 설비 또는 인증서 거래시장에서 조달할 수 있으며, 정부는 인증서를 바탕으로 의무 이행 여부를 판정하고 이행하지 못한 부분에 대해서는 과징금을 부과한다.

태양광발전사업의 일반적인 추진절차는 아래 표와 같다. 일부 절차는 동시에 수행되고 소요기간도 지자체의 상황에 따라 천차만별하게 이루어진다. 특히 분산형 전원 연계 허가는 아무런 제약요인이 없을 때 1개월이 소요되지만 가용 용량이 부족할 경우에는 그 기간을 산정하지 못한다. 1년에서 2년, 최악의 경우 수년이 걸릴 수도 있다. 이러한 점 때문에 2018년 중반기 이후 태양광발전사업 시장이 급속히 냉각되었다.

21) 한국에너지공단 신·재생에너지센터에서 매년 공시하는 자료를 인용함

순서	내용	관리주체(소요기간)
1	사업부지(토지) 매입	소유주
2	발전사업 허가	시·군·구청(2개월)
3	분산형 전원 연계 허가	한전(1개월)
4	개발행위 허가	시·군·구청(1개월)
5	시계획심의, 환경 및 재해 영향평가 등	시·군·구청(6개월)
6	토목공사	업체(1개월)
7	토지분할 후 개인등기	지적공사(1개월)
8	설비공사	업체(2개월)
9	사용 전 검사	전기안전공사(1주)
10	개시신고	시·군·구청(1일)
11	설비 확인	에너지관리공단(2일)

[태양광발전사업 절차]

2018년 초 기준 태양광발전사업 소요예산은 약 2억 2천만 원이다. 소요 예산 중 가장 큰 변동 변수는 토지 대금과 모듈 및 인버터 등 자재 대금이다. 비싼 토지에 건설하면 예산이 많이 들고 모듈과 인버터를 어떤 제품으로 사용하느냐에 따라 가격 차이가 크다.

- 토지 대금 : 400평×7.5만 원=3천만 원
- 토목(2천)+구조물(3천)+전기(2천)+모듈(6천)+인버터(2천) : 1억 5천만 원
- 설계/감리/인허가(1천)+한전계통연계(1천)+부대비용(2천) : 4천만 원

* 발전설비와 토지를 담보로 1억4천만 원까지 대출
 (금리 연 4% 내외, 1년 거치 15년 상환)

99KW 기준 태양광발전소 예상 월 수익은 약 224만 원 정도이다.

예상 수익은 계속 하락하고 있는 추세이다. 왜냐하면 REC를 구매할 사업자의 의무구매량은 적게 증가하는 반면 태양광발전사업자는 급속히 증가하고 있어 시장에 공급이 많기 때문에 REC 가격이 하락하고 있기 때문이다. 이 부분은 정책의 방향에 따라 유동성이 크기 때문에 단언하여 설명하기가 어렵다.

> ◦ 월 발전량 : 99kw × 3.8시간(일일발전시간) × 365일 ÷ 12개월 = 11,442kw
> ◦ SMP 수익 : 100원(단가)×11,442kw=1,144,200원
> ◦ REC 수익 : 80원(단가)×11,442kw×1.2(가중치)=1,098,432원
> * REC 가중치와 발전단가의 변경에 따른 수익의 변동사항 있음

태양광발전사업에 따른 월 예상 지출액은 시기별로 다르다. 왜냐하면 통상 발전 시작 첫해에서 15년차까지 대출금의 원리금을 상환하고 16년차 이후에는 상환금이 없기 때문이다. 또한 사업주의 자금사정에 따라 대출을 받는 정도가 다르기 때문이다. 여기에서는 본인 투자금 8천만 원과 대출금 1억 4천만 원을 기준으로 계산하였다. 이러한 점을 고려한 월 예상 지출액은 1~15년차는 약 121만 원, 16년차 이후에는 약 20만 원 정도이다.

> ◦ 안전관리비/통신비/전기요금/보험금 : 20만 원
> ◦ 1~15년까지 대출금 원금상환액 및 평균이자 : 101만 원
> - 원금상환액(15년) : 1억 4천만 원÷180개월=78만 원
> - 원금상환에 따른 대출금 평균잔액 7천만 원×0.4÷12개월=23만 원

월 예상 수익에서 지출을 공제한 순수익은 1~15년차까지 월 103만 원이고 16년차 이후에는 월 204만 원이다. 이러한 예상 월 순수익을 고려하여 20년 후 총 수익을 계산하면 약 3억 3,780만 원이 된다.

- 잔존 토지 가격 : 6,000만 원(연 5% 상승 시 20년 후 100% 상승)
- 총 수익 : 103만 원×180개월+204만 원×60개월=3억 780만 원
- 10년 후 인버터 교체비용 3,000만 원 공제

SMP/REC 가격 하락, 모듈의 효율 감소, 미세먼지에 의한 일조량 감소 등의 부정적 요인과 SMP/REC 가격 상승, 토지가격 상승 등의 긍정적 요인이 상존한 부분은 상호 상쇄하고 계산한 예상 수익이다. 이를 수익률로 계산해 보면 최초 순수 자본금 8천만 원을 투자하여 20년 후 잔존가치가 3억 3,780만 원이면 총 수익률은 422%이고 이를 연 단위로 계산하면 연 평균 21%의 수익을 나타낸다. 물론 복리가 아니고 연 단위 수익률이지만 현재의 일반적인 투자 수익률과 비교했을 때 매우 높은 수익률인 점을 알 수 있다.

태양광발전사업 추진 시 가장 주의해야 할 사항은 모듈, 인버터, 구조물, 전기시설, 업체 등을 선정하는 것이다. 모듈, 인버터는 어떤 제품의 모듈과 인버터를 사용하느냐에 따라서 발전량이 10-20% 이상 차이가 난다. 한번 설치를 하면 20년 이상 반영구적으로 사용하는 것이기 때문에 초기 투자비용이 조금 더 들어가더라도 고성능 제품과

믿을 수 있는 태양광발전사업 업체를 선정하는 것이 중요하다. 대부분 빠른 계약 체결을 위해 저가의 제품을 싼 가격으로 영업하는 업체들이 많은데, 저렴한 가격에 현혹되어 계약하면 큰 낭패를 볼 수 있다. 특히 구조물은 업체별로 가격 차이가 많이 난다. 20년 이상 사용하기 때문에 현장에서 구조물을 절단하고 용접하면 안 된다. 대부분의 업체들이 이익을 남기기 위해 현장 설치장소에서 절단과 용접을 하는데 100% 하자 공사이다. 구조물은 공장에서 도금하기 전에 절단과 용접, 레이저 가공, 용융도금을 마치고 현장에서는 조립시공이 원칙이다. 또한 전기시설공사는 직렬과 병렬을 어떻게 연결하느냐에 따라서 발전 효율에 많은 영향을 미친다. 이것은 업체들만의 노하우라 할 수 있는데 같은 모듈을 설치하더라도 어떻게 설치하느냐에 따라 발전 효율에 차이가 난다. 업체는 등록된 업체인지 설치 경험이 많은지 철저한 A/S가 가능한지 평생 함께 할 수 있는 업체인지 신뢰할 수 있는 곳인지 등을 확인해야 한다. 만약 건물이 아닌 토지를 매입하여 태양광발전사업을 하려고 한다면 좋은 땅을 매입하는 것이 매우 중요하다. 앞에서도 언급하였지만 20년 후를 내다보고 미래에 가치가 많이 상승할 수 있는 곳을 잘 선택하여 매입해야 한다.

제4장 작은 부자 되기

1. 아무도 우리에게 부자가 되는 법을 알려주지 않는다.
2. 작은 부자가 되는 방법
3. 종잣돈 만들기
4. 일상생활 속에서 부자가 되는 법을 이야기 하자.
5. 분수를 알고 작은 것에서 행복을 찾자
6. 부자와 가난한 사람들의 차이점
7. 손실 위험 감소 방안

돈은 쓰는 것이 아니고 모으는 것이다. 돈을 안 쓰면 부자다.

없는 사람은 있는 척하게 되고, 있는 사람은 없는 척하게 된다.

초년에는 돈을 벌기 위한 나의 가치를 높이는데 주력하고
중년에는 돈을 벌어 모으는데 노력하고
노년에는 돈이 나를 위해 일하도록 만들어라.

01

아무도 우리에게 부자가 되는 법을 알려주지 않는다.

인간이 이 세상에 태어나 살아가면서 행복해지고자 하는 욕구는 모두가 갖고 있는 공통적인 욕구이다. 그러나 이러한 행복을 이루기 위해 돈이 많으면 훨씬 유리하며 행복을 이루는데 돈은 필수불가결한 요소이다. 혹자는 금전적 만족을 경시하는 사람들이 있는데 이것은 나 혼자만 편하면 된다는 너무나 이기적이고 무책임한 생각이다. 나와 내 가족이 모두 궁핍하다면 온 가족이 가난에 시달려야 하고 감당하기 어려운 고통을 겪게 된다. 다만 무한정 돈이 많으면 행복한 것이 아니고 2018년 5월 통계청에서 발표한 기준에 의하면 연간 온 가족의 수입이 7천만 원에서 1억 원 수준의 가정이 가장 행복감을 느낀다는 점 또한 중요한 사실이다.

우리나라는 조선시대 유교를 받아들이는 것이 현대를 살아가는데 많은 제약을 주고 있다고 생각한다. 왜냐하면 유교는 체면과 대의명분 등 남 앞에서 보여지는 모습을 중요하게 생각하고 돈을 경시하는 지식 위주의 사상이기 때문이다. 이로 인해 우리 사회는 없어도 있는 척하고 재산이 많이 있어도 남 앞에서 함부로 돈 얘기를 하지 못하며 돈에 대해서 얘기를 하면 왠지 자신의 수준이 떨어지는 것으로 여겨지는 현상이 지금까지 이어져 오고 있다. 그러다 보니 어려서부터 돈을 어떻게 벌 것이지 투자를 어떻게 할 것인지에 대한 이야기는 금기시되어 왔고, 공무원이나 회사원이 직장에서 돈 버는 방법에 대한 노하우를 서로 주고받고 하는 것은 엄격히 금지되어 있다.

이것은 바람직하지 못한 것이며 우리를 평생 돈을 쫓아가는 인생, 돈에 아쉬워하는 인생, 돈을 두려워하는 인간으로 만들고 있다. 어려서부터 돈의 소중함, 귀함을 알게 하고 돈의 절대적 능력에 대해서 인지하게 해야 하며 노년의 행복을 위해서는 반드시 돈이 필요하다는 것을 주지시켜야 한다. 2017년 기준으로 대한민국 평균 국민연금 수령액이 35만 원이라는 이야기에 놀라지 않을 수 없다. 국민연금을 제대로 가입한 사람들조차도 35만 원에 추가적으로 본인이 가지고 있는 재산을 처분해 가면서 노년을 보낼 수밖에 없다. 만약 그러한 재산이 없는 사람은 매우 빈곤하여 병원도 제대로 가지 못하면서 살아가야 하는 것이 현실이다. 따라서 젊어서 경제활동을 할 때에 최대한 저축해서 목돈을 마련하고 이를 투자해서 돈이 나를 위해서 일할 수 있도록 포트폴리오를 구성해야 한다. 그런데 이러한 구체적인 방법을 우리는 성장하면서 아무도 가르쳐주지 않는다.

나는 어려서부터 엄한 어머님으로부터 돈에 대한 남다른 가르침을 받고 자라났다. 어머님이 귀에 못이 박히도록 돈에 대한 가르침을 주신 것이 "매달 100만 원씩 벌어서 40만 원을 지출하고 60만 원씩 저축하는 사람과, 매달 1,000만 원씩 벌어서 600만 원을 지출하고 400만 원씩 저축하는 사람 중에 최종 상태에 누가 더 윤택한 삶을 살 것인가."에 대한 질문이었다. 모두들 400만 원씩 저축하는 사람이 60만 원씩 저축하는 사람보다 훨씬 더 윤택할 것이라고 답변하였다. 그러나 어머님은 "절대 그렇지 않고 반대이다."라고 말씀하셨다. 그 이유는 우리의 소득은 유한하기 때문에 수입이 중단된 이후 인간은 자신의 씀씀이를 절대 줄일 수 없고 줄이게 되면 불행하다고 느끼기 때문에 평소 씀씀이가 600만 원씩이었던 사람은 계속하여 600만 원씩 지출할 수밖에 없고 그렇게 계속 지출하면 400만 원씩 저축해 놓은 돈이 금방 고갈되게 되는데, 반대로 40만 원씩 쓰던 사람은 60만 원씩 저축을 해 두었기 때문에 40만 원씩 계속 지출하여도 오랫동안 고갈되지 않고 쓸 수 있다는 것이다. 대략 30세부터 60세까지 30년을 돈을 벌고 61세부터 90세까지 30년간 돈을 못 번다고 – 30년 벌어서 30년 쓴다고 – 가정했을 때, 30년 동안 쓸 때 자신의 지출액보다 많은 돈을 저축한 사람이 소득이 끊긴 이후에도 훨씬 더 윤택하게 살 수 있다는 단순 논리인 것이다. 우리가 인생을 부자로 오랫동안 지속적으로 살 수 있는 방법은 소득을 많이 얻는 방법도 있지만 불필요한 지출을 줄여서 소비를 줄이는 것도 매우 중요한 일이라고 하겠다.

07

작은 부자가 되는 방법

나는 앞장에서 부자의 종류를 큰 부자, 중간 부자, 작은 부자 이렇게 세 가지로 이야기하였다. 그리고 큰 부자는 하늘이 내리고 중간 부자는 팔자에 있어야 하며 작은 부자는 본인의 노력에 의해 될 수 있다고 하였다. 아울러 초년, 중년, 노년 중 이왕이면 초년과 중년에 노력하여 풍요로운 노년을 준비할 것을 강조하였다. 따라서 내가 하늘의 뜻을 조정하거나 팔자를 바꿀 수 있는 능력은 없기 때문에 젊은 시절부터 노력하여 작은 부자가 되는 방법을 이야기 하고자 한다.

먼저 부자가 되는 방법에 대한 옛날이야기를 소개한다. 옛날에 송악(지금의 개성)에 큰 부자가 살고 있었다. 그 집에 한 젊은 청년이 찾아왔다. 그 청년은 부자에게 자신도 부자가 되고 싶어서 찾아왔으니 그 비법을 좀 알려달라고 하였다. 이에 부자는 비법을 알려주겠다고 약속을 하였고, 청년은 그 집에서 일을 하게 되었다. 그 후로 3년을 열심히 일하였으나 부자는 그 비법을 한 가지도 알려주지 않았다. 그래서 이 청년은 다시 부자를 찾아가 "실컷 일만 부려먹고 왜 부자가 되는 비법을 가르쳐 주지 않느냐."고 따졌다. 그러자 부자는 젊은이에게 "내가 이미 다 가르쳐줬는데 아직도 못 배웠느냐?"고 되물었다. 그래도 "못 배웠다."고 답하자 부자는 젊은이를 송악산 정상 낭떠러지에 소나무 한 그루가 있는 곳으로 데리고 가서 그 소나무에 매달리도록 하였다. 천 길 낭떠러지에 떨어지면 죽을 것이 분명한 곳에 젊은이가 매달리자 한 손을 놓게 하였다. 절체절명의 위기에 나머지 한 손을 마저 놓으라고 하자 이 소리에 놀란 젊은이가 두 손을 다시 잡고 올라와서 부자의 멱살을 잡고 "나를 죽이려느냐."며 항의하였다. 그러자 부자는 "나는 너에게 부자가 되는 법 두 가지를 다 가르쳐 주었다. 다만 네가 못 느꼈을 뿐이다. 부자가 되는 첫 번째 비법은 성실한 삶을 사는 것이고, 두 번째 비법은 네가 죽지 않기 위해 소나무의 손을 놓지 않았던 것처럼 수중에 돈이 들어오면 꽉 잡고 놓지 않는 것이다."라고 이야기하였다. 여기에서 성실한 삶이라고 하는 것은 한순간의 요행이나 행운을 바라지 말고 오랜 시간 변함없이 열심히 일을 해야 한다는 의미이고, 돈이 들어오면 놓지 말라는 얘기는 한마디로 허튼 곳에 돈을 쓰지 말라는 의미이다.

부자는 정기적으로 들어오는 불로소득이 가족의 총지출보다 많아 써도 써도 계속 돈이 쌓이는 사람이라 했다. 또한 이러한 부자는 초년보다는 중년이나 노년에 완성되는 것이 바람직하다고도 하였다. 이러한 부자 되기 프로세스는 로버트 기요사키가 이야기한 고용된 노동자(월급쟁이) - 자영업자 - 사업가 - 투자자의 과정 속에서 하루 빨리 투자자로 전환되어야 함을 말한다.

부자가 되기 위해서 어린 시절에는 자신의 가치 상승 - 단위 시간 당 수입이 많게 하는 일 -을 위해 노력해야 한다. 공부를 잘하고 못하고, 어떤 직업을 갖고 하는 것은 별로 중요하지 않다. 어느 분야에서든 얼마나 잘 하느냐가 중요하다. 필요하다면 연봉을 더 받을 수 있는 회사로 이직하거나 회사 내 승진을 통해 소득을 늘리는 것도 일종의 재테크다. 누구에게나 인생의 기회는 온다. 다만 자신도 모르는 사이에 지나쳐 갈 뿐이다.

인생 초년에는 실패를 두려워하지 않고 도전해야 한다. 실패는 성공의 어머니라고 했다. 실패를 두려워하지 않고 계속하여 도전했을 때 비로소 성공은 우리에게 미소 짓는다. 세계 최고의 벤처기업 산실이라고 하는 미국 샌프란시스코의 실리콘밸리에 가서 현지의 벤처기업 문화에 대하여 조사한 적이 있다. 그곳에서는 정말로 실패를 격려하고 도전을 지원하는 시스템이 만들어져 있었다. 특히 정부 지원 자금을 받아 사업을 진행하다가 설사 실패하였더라도 지원 예산의 지출 내역이 투명하고 올바르게 사용되었다면 전혀 책임을 묻지 않는다고 하였다. 도전은 젊은이의 특권이다. 젊은 시절 끊임없이 도전하고 실패를 두려워하지 않기 바란다. 다만 씀씀이는 줄이고 최대한 저축하여 종잣돈을 확보해야 한다. 그리고 장기목표를 세우고 투자하라. 투자 종목은 별로 중요하지 않다. 수익성과 안정성을 꼼꼼히 연구하여 믿음직한 곳에 과감히 투자하고 잊고 살아라. 초년의 근면한 삶은 노년의 윤택함으로 분명히 보상받을 것이다.

인생 중년에는 불로소득 확대를 위해 일회성 수익에 치중하지 말고 지속적으로 불로소득이 발생하는 투자항목으로 점차 전환할 것을 검토해야 한다. 이를 위해 다니고 있는 직장이나 사업 소득을 통해 연금을 최대한 확보하고 저축이나 채권에 의한 소득은 정기적으로 별도의 통장에 적립하는 시스템을 구축해야 하며, 부동산에 대한 투자도 가급적 부동산 자체의 가치 상승과 함께 매월 수익이 발생할 수 있는 곳에 투자하는 것이 바람직하다. 또한 손실 위험을 회피하기 위해 온 가족의 건강에도 유의하고 과도한 욕심으로 사기를 당하지 않도록 주의해야 한다. 중년은 인생에서 수입이 가장 많은 시기임과 동시에 지출도 가장 많은 시기이다. 노년의 행복을 위해 지출의 규모를 줄여서 적은 돈으로도 행복해질 수 있는 노하우를 체득해야 한다. 결국 중년이 다 지나가기 전에 노년에 대비하여 내가 직접 일을 하지 않아도 돈이 나를 위해 일하도록 시스템을 구축해야 한다.

노년에는 구축된 돈의 흐름이 막히지 않도록 지속적인 학습으로 돈의 흐름을 예측하고 이를 바탕으로 자신의 포트폴리오를 계속 변화시켜야 한다. 어느 정도 불로소득이 확보되었다면 노년에는 가족만을 위해 살지 말고 사회를 위해 봉사하고 베풀 줄 아는 삶을 살아야 한다. 나이가 들수록 입은 닫고 지갑은 열라고 했다. 노년의 나의 행동이 결국 내 인생에 대한 최종 평가가 됨을 명심하고 주위의 평판에 신경을 써 우리 집안이 세상에 좋은 평을 받을 수 있도록 노력해야 한다. 이러한 노력이 결국 내가 이 세상을 떠난 뒤에 우리 자식들에게 연결된다는 점을 알아야 한다.

다음은 작은 부자가 되기 위하여 소득을 많이 얻는 것보다 더 중요한 것이 우리 가족의 소비지출을 최소화하는 것인데, 이러한 소비지출 최소화 방안이다. 인생을 살면서 가장 큰 단위의 지출은 집안 대소사(행사)를 치르면서 발생하고 예측하지 못했던 사건사고 때문에 발생한다. 아울러 자식 키우는데 많은 지출이 발생하고 충동구매로 발생하는 경우도 많다. 이러한 지출을 최소화하기 위한 평소 생활습관을 제시해 보고자 한다.

먼저 가족과 주변 사람들에게 자신의 절약하는 소비성향을 인식시켜 줄 필요가 있다.

주위에 유심히 관찰해 보면 진정으로 돈이 많은 사람은 절대 돈을 함부로 쓰지 않는다. 오히려 평범한 사람들보다 적게 지출하는 경우가 많다. 결혼식, 고희연, 돌잔치, 생일 등 각종 집안 행사의 규모는 최소화하고 의미를 크게 하는데 주력해야 한다. 또한 축의금, 부의금, 축하금, 전별금, 사례금, 각종 선물 등을 할 때 성의표시는 잊지 않고 하되 의미를 충족시키려 노력하고 금액은 최소화하여 지출해야 한다. 일부 지인들은 그러한 지출 규모에 섭섭해 하는 경우도 발생할 수 있겠지만 분명히 명심해야 할 것은 내가 돈을 지출할 수 있다는 사실이 중요하지 얼마를 지출했느냐는 결코 중요하지 않다는 사실이다. 젊어서는 행사의 규모나 돈의 액수를 중요하게 생각하지만 인생의 후반부에 오면 돈의 액수는 전혀 기억나지 않고 그때 그 행사에 참석했는지 여부와 내가 성의표시를 했는지 안 했는지만 기억날 뿐이다.

둘째, 집안에 우환이 발생하지 않도록 노력해야 한다.

이 부분은 다소 운명적인 사안이기 때문에 인위적으로 어떻게 할 수 없는 부분이지만 부모님과 가족들이 건강하고 특별한 사건 사고에 휘말리지 않도록 평소에 남 앞에 쉽게 나서거나 남들과 다투지 않도록 해야 하며, 건강을 해치는 행동을 자제하도록 평상시부터 서로 주의해야 한다. 아울러 이러한 우환이 발생했을 때 지출을 최소화하고 현명하게 대처하기 위하여 가족이나 친지들 중 의사, 변호사, 경찰, 군인, 세무공무원, 은행원, 교사, 사업가, 일반직공무원, 검찰직공무원, 차량판매원 등 각계각층의 사람들을 평소부터 사귀어 친분을 쌓아두는 것이 중요하다. 이 세상에 모든 일을 다 잘하는 사람은 없다. 각 분야에는 전문가가 있고 이러한 전문가를 친구로 갖고 있다면 이 또한 부자라 할 수 있다.

셋째, 자식을 위한 금전적 투자는 적을수록 좋다는 점을 명심해야 한다.

이 세상 부모들은 대부분 내 아이만큼은 최고로 키우고 싶은 생각을 공통적으로 갖고 있다. 그런데 최고로 키워야 할 자식을 최악으로 키우는 경우가 많다. 최고의 자식은 어떤 아이일까요? 먼저 건강하고 예절 바르며 공부도 잘하고 책임감, 자립심, 창의력 등이 강한 아이일 것이다. 그런데 대부분의 부모들은 최고의 자식을 만든다고 하면서 가장 비싼 우유, 가장 비싼 유모차, 가장 비싼 기저귀, 가장 비싼 유치원, 가장 비싼 일용품 등을 구매하여 아이를 가장 비싼 것으로 치장하려고만 한다. 이렇게 성장한 아이는 절대 건강할 수 없으며, 예절 바르지도 않고 자신만 알게 되며, 비싼 과외에 의존하여 공부를 한 나머지 나중에는 공부를 잘하지도 못하고 책임감, 자립심, 창의력에서도 뒤떨어질 수밖에 없다. 이와 관련한 구체적인 내용은 5장 우리 아이 부자 만들기에서 자세하게 이야기하겠다.

넷째, 절대 충동구매를 하지 말아야 한다.

대표적인 충동구매는 갑자기 자동차를 바꾸는 일이다. 세상에 유머 중 자동차가 아내나 남편보다 더 좋은 이유가 무려 열 가지도 더 된다고 한다. 어차피 한 번 사는 인생 멋진 자동차, 좋은 자동차를 갖고 싶은 것이 우리 인간의 본성일 것이다. 그러나 미래의 부유함을 위해 이러한 본성까지도 절제하고 억눌러야 한다는 사실을 명심해야 한다. 현대 사회를 살아가는데 자동차는 필수품이기 때문에 있어야 하겠지만 자신의 현재 경제적 상태를 잘 고려하여 할부이자 중 가장 비싼 자동차 할부는 절대 하지 말고 모아둔 현금을 가지고 적당한 수준의 자동차를 구매할 것을 권장한다. 충동구매의 또 하나의 대표적 사례가 홈쇼핑 구매다. 우리 집은 오래 전부터 지상파 TV 방송만

시청하고 있다. 이유는 여러 가지가 있지만 홈쇼핑 방송을 보지 않게 하기 위한 것이 대표적이다. 아울러 명품 및 사치품 소비, 맛집 탐방 등은 꼭 필요한 경우를 제외하고는 최소화하는 것이 소비지출을 줄이는 방법이다.

다섯째, 일정 규모 이상의 지출을 할 때는 반드시 부부가 상의하여 동의하에 할 것을 권장한다.

부부는 서로의 장점은 극대화시키고 서로의 단점은 보완하며 사는 것이 좋다. 남자들은 주로 본인의 치장을 위한 소비보다 취미 생활에 필요한 것을 지출할 때 가격을 따지지 않고 구매하며, 여자들은 주로 취미 생활보다는 본인을 치장하기 위한 소비를 할 때 가격을 고려하지 않는다고 한다. 따라서 결혼을 한 후에는 부부가 가정의 경제적 목표를 세우고 서로 절약하기 위하여 일정한 금액 이상의 소비를 할 때는 반드시 서로 상의하고 동의하에 지출을 하기로 한다면 과다한 지출을 예방할 수 있을 것이다. 참고로 나는 결혼과 동시에 아내와 단가 3만 원 이상인 제품을 구매할 경우에는 부부가 동의했을 때에만 구입하기로 약속하고 그 약속을 지금까지 지키고 있다.

여섯째, 가정의 돈 관리는 아내가 하라.

미국의 백만장자들을 대상으로 부자가 되는 데 가장 큰 영향을 미친 요소가 무엇인지 물었을 때 80% 이상이 아내를 잘 만났기 때문이라고 답했다고 한다. 나의 어머니도 아버지의 사업이 어렵던 시절에 지혜롭게 돈을 모아 투자를 하였기 때문에 자산을 형성할 수 있었다.

또한 돈 관리나 현실을 보는 안목이 높은 여성은 남성들에 비해 남의 말에 귀를 더 잘 기울이고 변화를 두려워하지 않는다. 그렇기 때문에 자기가 틀렸다고 생각하면 바로 전문가에게 조언을 구하고 그만큼 가정의 돈 관리에 있어서도 좋은 결과를 얻을 가능성이 높다.

03

종잣돈 만들기

'종잣돈' 일명 '시드머니'란 원래 '부실기업을 정리할 때 덧붙여 해주는 신규대출'을 말한다. 하지만 여기에서는 장차 투자를 하기 위해 마련하는 목돈을 일컫는 말로 사용하고자 한다. 이러한 종잣돈은 투자를 위해 반드시 있어야 하는 필수 요소이며 종잣돈을 몇 살에 얼마나 준비하느냐가 차후 투자를 하는데 있어서 매우 중요한 요소가 된다.

종잣돈을 모으는 일은 통상 사회에 첫발을 딛는 2~30대에 시작해야 한다. 인생에서 본격적으로 정기적인 수입이 발생하는 시기이므로 우선 종잣돈 마련을 위한 저축을 먼저 하고 남은 돈을 쓰는 자산설계 전략이 필요하다. 만약 이 때 돈 쓰는 재미에 푹 빠져 저축을 소홀히 한다면, 그에게는 어두운 미래가 기다리고 있을 가능성이 크다. 20대에는 미래를 위해서 반드시 월수입의 50% 이상을 저축하여 종잣돈을 만들 수 있도록 해야 한다.

나는 부모가 자식에게 일정한 수준의 목돈을 지원하는 것에 절대 반대한다. 돈은 살아있는 생명체이고 스스로 움직일 수 있는 여건을 마련해 주는 것이 중요하기 때문에 어떻게든 스스로 돈을 만드는 노력이 중요하고 이렇게 만들어진 종잣돈이 강한 생명력을 갖고 힘 있게 활동하게 된다.

그럼 어떻게 종잣돈을 만들 것인가 당연히 저축밖에 없다. 목돈을 마련하기 위한 저축은 제1, 2금융권을 가리지 말고 이자율이 가장 높은 곳에 가입해야 한다. 이를 위해 복리와 세금 관계에 대한 이해가 필요하다. 먼저 금융권에서 홍보하는 예금, 적금의 이자는 대부분 세금이 공제되지 않은 상태로 홍보한다. 실제 적금을 가입하고 만기가 되어 적금을 찾으려면 세금을 공제하고 지급한다. 세금은 수준에 따라 최초 3%라고 했던 이자율이 실제 2%도 안 되는 수준으로 떨어지는 경우가 많다. 따라서 최초 가입 시 창구의 직원에게 세금 공제 후 실제 이율이 얼마인지 확인하고 판단할 필요가 있음을 강조한다. 둘째 복리에 대한 이해가 중요하다. 복리란 '일정기간의 기말(期末)마다 이자를 원금에 가산하여 그 합계액을 다음 기간의 원금으로 하여 계산하는 방법'인데 한마디로 이자가 또 다른 이자를 발생시키는 것을 말한다.

예를 들면 월 10만 원씩 적금을 하면 1년 동안 원금을 120만 원 불입하게 된다. 이때 이자가 2%이면 연평균 납입금을 60만 원 기준으로 했을 때 약 12,000원의 이자가 발생하게 된다. 다음 해에도 이 돈을 계속 적립해 둘 경우 원금이 1,200,000원이 아니고 1,212,000원을 기준으로 이자가 산정됨으로 이자가 이자를 생성하는 상황이 발생하게 된다. 대부분의 사람들은 이러한 이자율과 복리의 논리를 이해하려고 하지 않는다. 왜냐하면 이율이 낮기 때문에 하찮게 생각하기 때문이다. 그러나 그러한 생각은 돈이 돈을 버는 가장 안전하고 확실한 방법을 간과하는 것이기 때문에 잘못된 생각이다. 만약 당신이 수십억 자산을 갖고 있다면 굳이 위험을 감수한 다른 투자를 고려하지 않고 이자율이 높은 곳에 적립금으로 두는 것이 가장 안전한 투자 방법이다. 외국의 막대한 투자자들은 0.1%의 이자율에 따라 수조 원의 돈을 움직인다는 점을 이해해야 할 것이다.

여기에서는 어떻게 스스로 종잣돈을 마련할 것인가에 대하여 알아보았다. 결국 저축을 통해서 준비할 것을 권장한다. 이왕이면 어린 나이에 시간적 여유를 갖고 종잣돈을 마련하고 이를 자신이 가장 잘 아는 곳에 투자하여 확실한 수익을 창출하는 것이 부자가 되는 첫걸음이 될 것이다.

'부동산 읽어주는 남자'로 유명한 정태익 대표는 젊은 나이에 종잣돈 마련을 위해서는 극단적인 절약(저축)이 필요함을 역설하였다. 즉 스마트폰을 당장 해약하고 SNS도 끊고 버스타고 다니며 도시락으로 점심식사를 하면서 악착같이 돈을 모으라 했다. 정태익 대표는 부자란 두 가지가 있어야 한다고 했다. 당연히 돈이 있어야 하고 또한 시간이 있어야 진정한 부자라고 했다. 돈은 많은데 시간이 없는 일부 전문직 종사자도 부자가 아니고, 시간은 많은데 돈이 없는 사람들도 부자가 아니라고 했다. 그럼 돈이 얼마나 많아야 부자인가 정태익 대표는 '써도 써도 쌓이는 사람'을 부자라고 했다. 이 부분은 나의 생각과 일치하는 바가 있다. 이러한 부자가 되기 위해 정태익 대표는 여섯 가지의 구체적 방법을 제시하였다. 먼저 왜 돈이 필요한지 이유를 명확히 선정해야 하고, 둘째 모을 돈의 목표 금액을 일일, 월간, 연 단위로 명확히 선정해야 하며, 셋째 극단적인 방법으로 절약하여 저축하고, 넷째 단위 시간당 돈을 많이 벌 수 있도록 꾸준히 능력을 향상시키고, 다섯째 돈을 모으는데 방해되는 요소를 과감히 제거하고, 여섯째 돈을 모을 일정을 구체적으로 세워서 실천해야 한다고 하였다.

04

일상생활 속에서 부자가 되는 법을 이야기하자.

우리들은 보통 가족들이나 친구들과 만나 무슨 이야기를 할까?

먼저 가족과 만나서는 무엇을 먹을까, 어디에 여행갈까, 어떻게 자식을 공부 잘하게 만들까, 직장 일과 관련하여 힘든 일, 형제들 중 누가 어떻다 등등 주변 잡다한 이야기를 하거나 무작정 텔레비전 앞에서 깔깔거리며 웃거나 또는 스마트폰을 보면서 하루를 보내는 경우가 많다. 친구들과 만나서는 다른 친구 뒷담화, 대통령 및 국회의원 등 나라 걱정, 직장 이야기, 군대 이야기, 축구나 야구 이야기 등을 하다가 술이 과하면 말꼬리 때문에 말다툼을 하기도 한다. 이러한 이야기 끝에 남는 것은 무엇인가 살펴보면 결국 돈만 쓰고 남는 것이 없는 매우 비생산적인 만남이 대부분이다.

그렇다면 일상생활 속에서 우리는 어떻게 돈 모으는 이야기를 할 수 있을까, 먼저 주변에 쓸데없이 일상 잡기에 휩싸여 허무하게 시간을 보내는 사람들은 멀리하고, 돈 모으는 것을 좋아하는 사람들과 친해야 한다. 둘째 매일 매일 돈 모으는 좋은 소식을 전해주는 밴드, 카페 등 SNS에 가입할 것을 권유한다. 셋째 매일경제, 한국경제신문 등 오프라인을 통해 전해지는 돈 버는 얘기들을 구독하고 자신에게 맞는 이야기나 주제들을 스크랩하여 모을 것을 권유한다. 물론 종편 방송에서 방영되는 돈 버는 이야기, 유형별, 종목별 전망을 청취하는 것도 바람직한 방법일 것이다. 넷째 최소 월 1회 이상 자신의 포트폴리오를 검토하고 한 푼이라도 헛되이 멈춰선 자산이 있는지 확인해야 한다.

이러한 노력들을 하다 보면 먼저 자신의 자산 흐름을 지속적으로 돌아볼 수 있고 시대 상황의 변화에 따른 유망한 투자정보를 알게 되며 지인들을 통해 이러한 정보의 신뢰성과 효용성을 검증할 수 있을 것이다.

05

……………………… 분수를 알고 작은 것에서 행복을 찾자.

나의 아버지는 80세 노구임에도 불구하고 아직까지 사업 현장에서 직접 뛰면서 일을 하고 계신다. 얼마 전 아버지로부터 조심스럽게 "주말에 아버지 집에 오라"는 연락을 받고 내려갔다. 이유는 아버지와 몇 해 동안 거래하고 있는 젊은 사장이 있는데 한동안 물품 대금을 지급하지 않고 계속 외상을 하더니 결국 사업을 청산하고 원래 다니던 새시회사 직원으로 복귀했다고 하시면서 그 사람을 만나 미정산 금액에 대한 차용증을 받아야겠다고 하셨다. 이에 젊은 아들이 동행해 줄 것을 바라셨던 것이다.

지혜로운 아버지이시기 때문에 나는 간단한 서류를 준비하여 아버지를 모시고 약속한 장소로 갔다. 미정산 금액은 총 3,300만 원으로써 매월 얼마씩, 언제까지 변제하겠다는 약속의 차용증서에 서명을 받기 위한 만남이었다. 나는 그 사람을 만나러 가면서 도의적으로 미안한 마음을 갖고 "먹고 사는 게 쉽지 않겠구나, 열심히 살라고 힘을 북돋아줘야지..."라고 생각하고 두 시간 동안 차를 운전하여 약속한 장소로 갔다. 그런데 나는 그 사람을 보고 "내 생각이 참 어리석었구나."라고 생각하게 되었다. 왜냐하면 소도시의 섀시회사에 다니는 직원이기 때문에 작업복을 착용하고 작은 트럭이나 자가용을 몰고 나올 줄 알았는데 그는 고급스런 복장에 시가 5,000만 원이 넘는 최신형 고급 RV차량 리무진을 몰고 나타났다. 그리고는 자신의 벌이가 얼마 안 되기 때문에 월 50만 원씩, 5년 동안 변제하겠다고 하였다. 당장 본인의 차량만 팔아서도 3,300만 원은 변제할 수 있을 것 같은데 그러한 생각을 못하는 것인지, 아니면 또 다른 사정이 있는 것인지는 모르겠으나 왜 그 사람이 잘 나가던 사업을 청산하게 되었는지 미뤄 짐작할 수 있었다.

다음은 반대의 사례를 소개하고자 한다. 지난 10월 9일자 영남일보 신문에 소개된 내용으로써 우리나라에도 유명한 홍콩 영화배우 주윤발에 대한 이야기이다.

'지난 8일 대만 삼립신문 등 다수의 현지 매체들은 주윤발이 6일 대만을 방문해 대만 이곳저곳에서 팬들과 만났다고 보도했다. 보도에 따르면 주윤발은 영화 홍보 차 대만을 방문한 것으로 알려졌다. 주윤발은 시내와 공원, 산 등에 나타나 팬들과 사진을 찍으며 즐거운 시간을 보냈다고 전했다. 이중 특히 눈길을 끄는 대목은 2,000천억 원대 자산가인 주윤발이 전 재산을 기부하겠다고 밝히며 "그 돈은 내 것이 아니다, 그저 잠시 내가 보관하고 있는 것일 뿐"이라고 말했다고 덧붙여 놀라움을 자아냈다.

평소 대중교통을 이용하는 등 소탈한 모습으로 화제를 모았던 주윤발은 노키아 휴대전화를 17년 동안 사용한 일화가 유명하다. 유명 브랜드가 아닌 저렴한 옷과 신발을 착용하고, 한 달 3,200 대만 달러(약 12만 원)를 용돈으로 쓴다고 밝히며 주윤발이 전 재산 56억 대만 달러(약 2,054억 원)를 가지고 있음에도 불구하고 검소한 생활을 하고 있다고 설명했다.

한편, 주윤발은 2010년에 이미 사후에 전 재산의 99%를 기부하겠다고 약속했다. 2010년 9월 14일 중국과 홍콩 언론들에 따르면 주윤발은 최근 홍콩에서 인터뷰를 통해 "세상을 떠난 뒤에 재산의 99%를 사회에 기부하겠다."고 밝혔다. 그는 "기부운동을 펼치고 있는 워런 버핏 등을 본받아 사회 환원을 결심했다."면서 "나의 재산은 내가 벌어들인 것일지라도 영원히 내 것은 아니기 때문에 세상을 떠날 때 아무 것도 가져갈 생각이 없다."고 말했다. 재산을 환원하겠다는 생각에 아내와 가족들도 모두 동의했다고 그는 설명했다. 그는 "이승에서 먹을 것이 있고 살 집이 있는데 더 무엇을 바라겠는가."라면서 "생로병사는 매우 자연스러운 것으로 나의 좌우명은 평범한 것이 행복하다는 것"이라고 말했다.

기부로 노블레스 오블리주를 실천하려는 주윤발은 영화 '영웅본색', '도신', '도협', '황후花', '캐리비안의 해적-세상의 끝에서' 등 국내에서도 유명한 작품들에 출연해 중화권뿐 아니라 세계에서 사랑 받

고 있다.’

이 두 사례를 통해 우리는 어떻게 살아야 하는지 많은 교훈을 도출할 수 있다. 사람이 자신의 분수를 안다는 것은 매우 어려운 일이다. 특히 다른 사람보다 뒤처지기 싫어하는, 자존심이 강한 우리나라 국민들의 특성을 고려해 볼 때 당장 수천만 원의 빚보다는 지금 당장 다른 사람에게 비춰지는 자신의 모습을 더욱 중요하게 생각할 수 있다. 그러나 그러한 소인배적인 생각이 자신을 영원히 가난한 인생으로 몰고 간다는 점을 명심해야 할 것이다. 지금 내 수중에 돈이 없을 수 있다. 중요한 것은 그러한 자신의 처지를 정확히 인정하고 자신의 주변을 정리하여 하루 빨리 플러스 인생으로 역전시키는 노력이 더욱 중요함을 강조하는 바이다.

06

부자와 가난한 사람들의 차이점

대부분의 부자들은 부유한 가정에서 태어나지 않았다. 그렇다면 어떻게 많은 부자들이 재정적 목표를 달성할 수 있었을까? 부유한 사람들과 가난한 사람들의 큰 차이점은 그들의 생각과, 행동, 그리고 세상을 보는 관점에서 찾을 수 있다. 여기에서는 부자와 가난한 사람들의 차이점에 대하여 알아보고자 한다. 물론 일부 내용은 앞장에서 설명했던 부분들과 중복되는 부분들도 있다. 그러나 그만큼 중요한 사항이라 생각하고 여러분들 모두 부자가 되기 위해 자신을 돌아볼 수 있는 기회가 되길 바란다.

먼저 일반적으로 널리 알려진 부자와 가난한 사람들의 7가지 차이점을 알아보자.

첫째, 부자들은 부를 과시하려고 하지 않는다.

보통 사람들은 자신이 돋보이기 위해서 유명 브랜드의 최신 유행(일명 신상)의 옷을 사려고 노력한다. 그러나 부자들은 무작정 브랜드 있는 옷을 사거나 최신 유행을 따르거나 인기가 있다고 해서 무작정 추종하지 않는다. 왜냐하면 다른 사람들에게 자신에 관한 어떠한 것도 증명할 필요를 느끼지 않기 때문이다. 무리하게 자신의 능력을 초과하여 지출한 사람들은 종종 다음 월급날까지 자신이 먹고 싶은 것을 못 먹고 참아야 하는 고통을 감내해야만 한다.

둘째, 부자들은 특정 비싼 물품에 돈을 투자한다.

일부 부자들은 최신 유행하는 옷을 사지 않고 질 좋고 싼 옷을 사는 반면, 큰돈을 지불하고 과감히 구입하는 것들이 있다. 예를 들면 커피머신, 커피를 좋아하는 사람들은 매일 커피 한두 잔쯤은 꼭 마신다. 마시지 않으면 왠지 밥을 안 먹은 것 같은 느낌이 들기 때문이다. 그런데 이러한 커피를 카페에서 사 먹으려면 최소 2,000원에서 5,000원 평균 3,500원의 가격을 지불해야 한다. 만약 이를 1년 동안 매일 한 잔씩 사먹는다면 약 130만 원의 큰돈이 소모된다. 그런데 커피머신은 일반적으로 약 50만 원 내외면 구입할 수 있다. 물론 커피를 마시기 위해서는 원두커피, 컵, 시간 등 다른 비용들도 존재하지만 커피머신을 구입할 경제적 가치는 충분하다. 다음은 인덕션 스토브, 인덕션 스토브는 일반 전자렌지나 가스렌지에 비해 두 배 이상 비싸다. 그런데 부자들은 일반 렌지보다 인덕션 스토브를 선호한다. 그 이유는 인덕션 스토브는 매우 효율적이고 생산된 에너지의 90% 이상을 가열하는데 사용하기 때문이다. 전자렌지는 약 70%, 가스렌지는 약 40%의 에너지만이 가열하는데 사용된다. 또한 인덕션 스토브는 음식 준비시간이 빠르기 때문에 불필요한 에너지의 소비가 상대적으로 적다. 다음은 LED[22] 전구, LED 전구는 일반적인 백열등 전구보다 8배 비싸다. 그러나 LED 전구는 동일한 밝기를 밝히는데 소모되는 전기의 양이 10배 더 적다. 아울러 사용시간도 백열등은 1,000시간 정도의 수명을 갖지만 LED 전구는 10,000시간에서 25,000시간을 사용할 수 있다. 약 10배에서 25배의 수명을 갖고 있는 것이다. 종합적으로 LED 전구가 일반 백열등보다 약 7배 더 경제적이라는 결론이다. 같은 논리로 에너지 절약 유리, 자동 온도조절 샤워기 등에도 부자들은 과감히 큰돈을 투자한다.

셋째, 가난한 사람들은 돈을 벌기 위해 일하지만, 부자는 돈으로 돈을 번다.

가난한 사람이나 부자나 모두 돈을 벌기 위해 열심히 일한다. 그러나 부자들은 어떻게 해야 돈을 벌 수 있는지 알고 있다. 부자들은 예금 통장에 소득을 보관해 놓지 않는다. 부자들은 투자할 수 있는 자금(종잣돈)을 가지고 있고 정기적으로 투자를 한다. 가난한 사람들은 열심히 돈을 벌어서 그것을 모두 소비해버리는 경향이 있다. 그래서 더 많이 벌기 위해 더 열심히 일하고 더 좋은 직장을 찾아 쫓아다니

22) LED(light emitting diode) : 발광 다이오드. Ga(갈륨), P(인), As(비소)를 재료로 하여 만들어진 반도체. 다이오드의 특성을 가지고 있으며, 전류를 흐르게 하면 붉은색, 녹색, 노란색으로 빛을 발한다. [파퓰러음악용어사전 & 클래식음악용어사전]

며 더 많은 돈을 벌면 더 많이 소비해 버린다.

넷째, 부자는 돈을 어떻게 관리하는지 잘 알고 있다.

대부분의 부자들은 돈을 잘 관리하는 능력을 갖고 있다. 부자들은 자기가 가지고 있는 예산을 알고 있다. 따라서 절대 과소비를 하지 않는다. 신용카드를 사용하면 수수료를 내지 않기 위해 모든 수단을 동원할 정도로 불필요한 작은 소비도 아끼는 습관을 가지고 있다. 반면 가난한 사람들은 신용카드를 남발하며 산다. 매달 청구되는 청구서를 확인하지도 않고 계속하여 신용카드를 사용한다. 대부분의 가난한 사람들은 자기가 사용한 돈을 추적하거나 예산을 계획하는데 사용하지 않는다.

다섯째, 가난한 사람들이 장애물을 보는 동안 부자들은 기회를 본다.

부자와 가난한 사람들의 또 다른 큰 차이점은 생각하는 방식이다. 부자들은 본인들이 하는 모든 일에서 성장과 성공의 기회를 찾는다. 자신이 선택한 일에 책임을 갖고, 자신이 생각하는 성공을 위해 어떠한 길도 갈 준비가 되어있다. 그러나 가난한 사람들은 보통 새로운 시작이 가져올지 모를 장애물, 잠재적 손실, 위험에 초점을 맞춘다.

여섯째, 부자들은 성취하고 싶은 것에 집중하는 반면, 가난한 사람들은 피하고 싶은 것에 집중한다.

부자들은 목표를 달성하기 위해 장애물을 기꺼이 극복하려고 노력하며, 위험을 감수하지 않고는 이길 수 없다는 것을 잘 안다. 부자들은 어려움과 손실에 대하여 생각하지 않는다. 목표에 집중하고 거기에 도달하려고 최선을 다한다. 반면 가난한 사람들은 돈 잃는 것을 두려워하기 때문에 모든 수단을 동원해서 위험을 피하려고 한다. 오직 예금과 적금 등 안전한 투자만을 선호한다. 그래서 돈을 잃지는 않지만 돈이 스스로 일하게 만들지는 못한다.

일곱째, 부자는 문제를 직면하고, 가난한 사람들은 너무 늦을 때까지 문제를 무시하려고 애쓴다.

이 말은 부자들은 두려움이 없다는 얘기가 아니다. 모든 사람들은 두려움을 갖고 있다. 그러나 부자들은 더 성공적이고 강력한 개인이 되기 위해 두려움을 직면하는 것을 선택한다. 하지만 가난한 사람들은 자기 자신에게도 두려움이 있다는 사실을 인정하지 않는 경향이 있다. 가난한 사람들은 알려지지 않고 잠재적으로 위험한 상황에 부딪히는 것보다 편안하고 익숙한 생활을 선호한다. 결과적으로 이러한 안이한 행동들이 부자가 되는 것을 가로막는다.

다음은 현(現) 미국 대통령이자 유명한 사업가인 도널드 트럼프가 여러 매체를 통해 강조했던 가난한 사람과 부자의 사고방식의 차이 30가지를 요약 정리한 내용이다. 우리나라와 정서적으로 차이가 있는 미국을 중심으로 한 이야기라고 여길 수도 있겠지만 전반적으로 오늘을 사는 우리들에게 많은 시사점을 주는 내용이기에 여기에 수록한다.

가난한 사람	부자
부정적 사고	긍정적 사고
걱정한다	꿈을 꾼다
노동을 한다	생각을 한다
소비를 한다	투자를 한다
안전을 지향	계산된 위험을 감수
기회를 기다린다	기회를 만든다
푼돈을 모은다	큰돈을 굴린다
돈을 위해 일한다	성취감을 위해 일한다
돈이 귀하다고 생각	돈이 풍부하다고 생각
돈을 무기로 생각	돈을 도구로 생각
돈이 스트레스하고 생각	돈이 마음의 평화
돈은 유한하다고 생각	돈은 무한하다고 생각
돈이 우리를 구속한다고 생각	돈이 우리를 자유롭게 한다고 생각
돈이 많으면 문제라고 생각	돈이 없으면 문제라고 생각
돈을 벌면 친구를 잃는다고 생각	돈을 벌면 친구를 얻는다고 생각
좋아하지 않는 일을 한다	좋아하는 일을 한다
열심히만 일한다	아이디어를 활용해 일한다
복권에 의지한다	행동으로 보여준다
매사를 복잡하게 생각	매사를 단순하게 생각
홀로 고독한 싸움을 한다	여러 사람과 협력 작업을 한다
무언가를 해야 한다고 생각	무언가가 되어야 한다고 생각
똑똑해야 부자가 된다고 생각	끈기가 있어야 부자가 된다고 생각
지지 않기 위한 게임을 한다	이기기 위한 게임을 한다
부자들은 거만하다고 믿는다	부자들은 자신감에 차 있다고 믿는다
부자들은 천박하다고 생각	부자들은 전략적이라고 생각
자식에게 돈을 물려준다	자식에게 생각을 물려준다
부자가 되는 것을 특권이라 생각	부자가 되는 것을 권리가 생각
비판받는 것을 두려워함	비판이 백만장자를 만든다고 생각
오락 활동에 집중	돈이 되는 활동에 집중
작게 생각	크게 생각

[미국 대통령 도널드 트럼프가 얘기한

가난한 사람과 부자의 차이점 30가지]

07

손실 위험 감소 방안

2018년 초 언론에서는 80세의 여자가수 현미 씨가 사기를 당한 안타까운 이야기로 세간의 관심을 자아내고 있다. 현미 씨의 40대 아들이 늦은 나이에 가수로 데뷔하여 활동 중인데 아들에게 도움을 주려고 시가 12억 원 하는 집을 담보로 은행에서 약 6억 원의 대출을 받아 아들에게 주고 자신은 현재 살고 있는 집을 팔아 남은 돈으로 작은 아파트를 한 채 사서 여생을 살 계획을 하고 가까운 친척에게 이 일을 맡겼는데 그 친척이 은행 대출금과 집 판 돈을 모두 갖고 미국으로 도망을 가버려서 은행 대출금, 살 집, 밀린 대출이자 등으로 약 30억 원의 빚을 지고 있다는 안타까운 사연이었다.

나의 어머니는 오래 전부터 "이 세상에 태어나 엉뚱한 데 돈을 낭비하지 않고 착실하게 살아가면 누구나 작은 부자는 될 수 있다. 그런데 이러한 모든 것을 헛수고로 만드는 것이 사기이다. 평생 사기를 당하지 않게 조심, 또 조심해라."라고 강조하셨다. 그런데 대부분 사기는 상대방을 아주 잘 아는 가까운 사람에게 당하는 경우가 많다. 따라서 우리는 사기의 유형을 알 필요가 있고 이를 당하지 않기 위해 항상 염두에 두고 주의해야 할 것이다.

일반적으로 가장 흔한 사기는 '돈을 빌려주었는데 갚지 않는 것'이다. 특히 아주 가까운 사이에 더욱 그렇다. 가까운 사이인데 돈을 달라고 하기도 그렇고 마냥 기다리려고 하니 화가 나고, 내 돈 빌려주고 내가 스트레스를 받는 어처구니없는 일을 우리 주위에서는 많이 겪고 있다. 가까운 사이란 대표적으로 가족, 친구, 회사 동료 등 평소 가까운 사이였는데 돈 거래 후 관계가 아주 소원해지는 경우를 우리는 많이 목격할 수 있다. 이러한 경우를 겪지 않는 방법은 간단하다. 가까운 사이일수록 절대 돈 거래를 하지 말아야 한다. 만약 가까운 사람이 돈을 빌려달라고 하면 차라리 내 능력 범위 내에서 일정 금액을 주어 버리는 것이 속 편하다. 갚으면 좋고 안 갚아도 그만이기 때문이다. 도저히 피할 수 없을 경우에는 정확하게 계약서와 차용증을 작성하여 이자를 지불하도록 하고 법무사 사무실에서 공증을 받는 등의 조치를 한 후에 빌려주는 것이 좋다. 그래야 상대방도 책임감을 갖고 채무를 변제하기 위해 노력할 것이기 때문이다. 만약 이러한 과정을 기피한다면 그것은 곧 돈을 떼어먹겠다는 것이나 진배없다. 나도 직장생활을 처음 시작한 1980년대 후반에 가까운 선배에게 신용카드를 빌려주어 30만 원을 사용하였는데 30년이 지난 지금까지 받지 못하였다. 당시 쌀 20kg이 5천 원 있으니 30만 원이면 쌀 60포대를 살 수 있었던 큰 액수이었으며 지금 돈으로 환산하면 약 250만 원은 되는 돈이었다.

일반적으로 잘 아는 사람으로부터 당하는 사기 외에 우리가 사회에서 만날 수 있는 전문적인 사기꾼은 좀 더 수준이 높다. 먼저 상대방의 수준을 파악하여 상대방이 듣고 싶어 하는 얘기를 하여 안심시키고, 상대방이 궁금해 하는 얘기로 현혹한 후 자신의 능력을 과신하게 한다. 이러한 과정에 많은 공을 들인 다음 모든 것을 자신에게 맡겨달라고 한 후, 한 번에 모든 것을 해치워 버린다. 이러한 전문 사기꾼이 입버릇처럼 하는 말은 "안전하다. 나만 알고 있는 고급 정보다. 당신은 행운아다. 이것은 엄청나 인연이다. 최근 점쟁이가 귀인을 만난다고 했는데 당신이 귀인인 것 같다. 정말 좋은 기회이다. 하나밖에 남지 않았다. 술 한 잔 하자." 이러한 말로 현혹하는 사람은 더욱 주의를 기울여 만나야 할 것이다.

부동산 거래 시 사기를 당하는 일반적인 유형은 먼저 해당 물건에 대한 세부 내용을 숨긴다. 부동산의 실소유주가 직접 계약하지 않고 잘 모르는 부동산중개사를 앞세워 계약을 진행하며, 원소유주가 아닌 대리인이 위임장을 받았다면서 계약하는 경우도 있다. 드문 경우이지만 부동산 거래에 경험이 없는 초보 계약자에게는 등기부등본과 건축물대장 등 법정 문서를 보여주지 않고 사기를 치는 경우도 있다.

또한 오피스텔이나 상가 등을 분양할 때에는 이중 계약의 방법으로 사기를 많이 친다. 물건은 한 개인데 여러 사람과 계약한 후 계약금과 중도금을 최대한 받아 내고 잔금을 지불하는 시기에 잠적하는 수법을 많이 사용한다. 조금 더 고단수 사기꾼은 부동산을 거래하는 동안 계약금과 중도금을 받은 후 금융권으로부터 최대한 대출을 받아 챙기고 사라져 버리는 수법 또한 많이 쓰는 방법이다. 이러한 사기에 노출되지 않으려면 믿을 만한 부동산 중개사를 통해 잘 아는 곳의 부동산을 거래하고 중간 중간 등기부등본을 확인하는 방법 등 꼼꼼히 챙겨야 할 사항들이 많다.

태양광발전사업 시 사기 유형은 태양광발전사업을 할 수 없는 토지를 마치 매입 계약을 한 것처럼 위장하고(실제 계약서를 작성하고 나중에 취하하는 수법을 쓰는 경우도 있음) 많은 사람들과 분양 계약을 한 후 계약금과 중도금을 받고 더 이상 사업을 진척시키지 않고 시간만 끌다가 잠적하는 경우가 가장 많다. 이러한 사기를 당하지 않으려면 일단 사업자가 실제 전기사업 면허를 가지고 있는 건설업자인지를 먼저 확인하는 것이 바람직하다. 현재 시장에서 태양광발전사업 분양을 하는 대부분의 업체는 시행만 하고 시공은 다른 건설업체에 맡기는 경우가 많다.

일상생활 속에서 손실 위험을 감소할 수 있는 방안으로 SNS 사용에 대한 주의를 강조한다. 사람이 살면서 본인이 의도하지 않았는데도 불구하고 다른 사람에게 피해를 줄 수 있는 경우가 있다. 그런데 이때 상대방이 억하심정(抑何心情)[23]을 갖고 나의 신상을 찾는다면 가장 쉬운 방법이 전화번호로 나의 SNS 활동과 사진을 찾는 것이다. 누구나 순간적으로 감정이 격화되었을 때에는 이성이 아닌 감정이 앞서서 행동을 하게 되는데 이러한 과정에 휘말리게 되에 심한 고초를 겪는 사례를 우리는 많이 접할 수 있다. 인터넷 상에서 잘못된 정보가 퍼져버리면 이를 바로잡는데 많은 시간과 비용이 소모됨으로 이러한 피해를 당하지 않도록 각별히 유의해야 한다. 따라서 불필요한 오해나 신상 털기[24]에 당하지 않으려면 자신의 각종 인터넷 활동과 SNS 계정에 신상이 노출되는 사진이나 일상을 함부로 게시하는 것은 주의해야 한다. 최근 스마트폰 사용이 많아지면서 이러한 범죄도 증가하고 있어 많은 주의를 당부한다.

손실 위험 감소를 위해 꼭 명심해야 할 것이 하나 더 있다. 그것은 빚을 경계해야 한다는 것이다. 더 큰 수익을 창출하기 위한 투자를 하는데 있어서 어느 정도의 빚은 감수해야 할 위험이라고 생각한다. 그러나 일상생활의 소비를 하는데 빚을 겁내지 않고 생활하는 것은 매우 위험하다. 빚은 미래의 나의 수입을 예상해서 미리 돈을 빌리는 것으로써 향후 갚아야 할 돈이다. 그런데 이 빚을 처음에는 대수롭지

23) 억하심정(抑何心情) : 대체 무슨 생각으로 그리 하는지 그 마음을 헤아릴 수 없음 [고사성어랑 일촌 맺기]

24) 신상 털기는 '신상(身上)'과 '털기'의 합성어로 특정인의 신상 관련 자료를 인터넷 검색을 이용하여 찾아내어 다시 인터넷에 무차별 공개하는 사이버 테러의 일종이다 [위키백과]

않게 생각하고 함부로 사용했다가 조금의 빚 때문에 인생이 악의 구렁텅이로 빠진 사람들이 우리 주위에 많다. 특히 빚에 의한 이자는 내가 돈을 예탁했을 때에 비해 최소 두 배 이상 많기 때문에 내가 정상적인 수입이 생긴다고 하더라도 그 빚을 갚는 것은 쉽지 않다. 또한 빚은 이자가 늘어났을 경우 내가 갚은 돈은 우선 이자를 갚고 난 후 원금 상환을 하기 때문에 아무리 갚아도 원금은 그대로 남아 있는 경우가 있어 매우 주의해야 할 요소이다. 빚을 낼 때에도 1금융권에서 저금리의 이자로 빌릴 수 있지만 이러한 과정이 복잡하고 조건이 까다롭다보니 많은 사람들은 대수롭지 않게 신용카드나 마이너스 통장 심지어는 대부회사(사채)에서 부담 없이 몇 백만 원을 빌리기도 한다. 그런데 사채 시장에서 빌린 500만 원이 나중에 1억까지 되고 이를 갚지 못하여 인생을 고통 속에 살아가는 경우를 우리는 많이 볼 수 있다.

따라서 어렸을 때부터 가용 예산 범위 내에서 사용하는 습관을 가지도록 해야 한다. 이를 위해 당장 신용카드 사용을 중지할 것을 권유한다. 신용카드 회사에서 주는 각종 혜택이라고 하는 것은 매우 사소한 것임에도 불구하고 그러한 사소한 혜택에 현혹되어 신용카드로 주요 지출을 하는 경우가 있다. 이럴 경우 매월 나는 빚쟁이 인생이 되고 만다. 차라리 현금으로 계산하면서 주인에게 얼마 정도 에누리를 요구하는 것이 훨씬 더 혜택이 크고 그런 손님을 사장님들은 더 좋아한다. (여기에 대한 구체적인 이야기는 생략하고 스스로 경험해 볼 것을 권유한다. 5~10%는 절약할 수 있다.)

제5장 우리 아이 부자 만들기

1. 자식 교육에 대한 소고
2. 잘되는 집안과 안 되는 집안
3. 금융마인드 가르치기
4. 미성년자 통장(주식계좌) 만들기
5. 부모가 자식에게 하지 말아야 할 것들
6. 부모가 자식을 망친 사례
7. 돈에 대한 아버지의 생각

넘어진 아이를 절대 일으켜 세워주지 마라. 스스로 일어서게 하라.

아이를 성공시키기 위해 악기와 운동을 시키고 돈을 관리하는 법을 가르쳐라.

우리 아이에게 심어줄 최고의 덕목은 책임감, 자립심, 성실이다.

젊어서 고생은 사서도 한다. 고생한 사람이 더 생명력이 강하다.

01

자식 교육에 대한 소고

우리나라 부모들의 자식 교육에 대한 열정과 노력은 세계적으로 유명한 수준이고 그러한 교육열 덕분에 우리나라가 빠른 시간 안에 이렇게 많은 발전을 할 수 있었던 원동력이 되었다는 점에 대해서는 이론이 없을 것이다. 그러나 급속한 산업화와 사회의 발전으로 그러한 교육열이 오히려 해가 되어가고 있다는 점 또한 부인할 수 없는 사실이다. 일명 헬리콥터 맘과 같이 자식에 대한 지나친 간섭으로 자식들이 성인이 되어서도 온전하게 독립하지 못하고 모든 것을 엄마에게 의지하고 엄마가 시키는 대로만 하는 일부 마마보이들은 우리 사회의 아픈 단면을 보여주는 것이다. 이러한 교육열에 대하여 본질적으로 반론을 제기하거나 비판하는 것은 이 책의 목적에 비추어 보았을 때 적합하지 않다. 다만 자식들의 교육에 대하여 전체적인 인생

항로를 기준으로 다시 생각해 볼 필요는 있다고 생각한다.

지금까지 우리 사회는 태어나서 잘 먹고 잘 성장하여 일정한 나이가 되면 학교에 진학하여 초-중-고-대학 생활 동안 치열한 경쟁을 거쳐 사회에 진출하게 되고, 사회에 진출해서는 어떤 직업을 갖느냐에 따라 경제적 수입이 천차만별한 상황에서 힘 있고 돈 많이 주는 직장을 다니는 사람이 큰소리치는 풍토였다. 아울러 그렇게 좋은 직장에 다니는 사람은 유명한 마담(중매쟁이)들이 앞장서서 결혼을 성사시키려 노력하고 여러 가지 조건에 적합한 상대를 만나 결혼하면 돈 많은 상대의 도움을 받아 쉽게 정착하고 좋은 아파트에 살면서 좋은 자동차를 구입하고 늙을 때까지 행복하게 잘 살 수 있을 것이라 믿었다. 실제로 이러한 사례는 우리 주위에 많이 볼 수 있고 이렇게 결혼해서 사는 사람이 얼마나 행복한 지는 여러분의 상상에 맡기도록 하겠다.

그런데 이러한 인생 프로세스에 문제가 생기기 시작했다. 먼저 어려서 건강하고, 학창시절에 공부 잘하고, 의사, 검사, 판사, 변호사 등 '사'자 달린 직업을 갖고, 좋은 집안에서 자라난 상대를 찾아 결혼하여 돈을 잘 벌고 잘 저축하여 죽을 때까지 풍요롭게 사는 사람이 얼마나 될 것인가 생각해보면 이러한 이야기는 드라마에나 존재하지 현실 속에는 거의 없는 이야기이다.

이를 연령대별 성공 조건과 부자가 되기 위한 행동 중점의 관점에서 생각해 볼 필요가 있다.

시기	성공 조건	행동 중점
유년기	건강한 아이	잘 먹고 잘 놀고 잘 배설하고 잘 자기
소년기	공부 잘하는 소년	열심히 공부 +투자에 대한 이해
청년기	좋은 직장을 가진 청년	좋은 직장 +본격적 투자 시작
중년기	돈이 많은 중년	사회적 지위 +투자 수익구조 완성
노년기	건강하고 부유한 노년	화려한 은퇴 +투자 수익 실현

[연령대별 성공 조건과 행동 중점]

위 표는 연령대별 성공 조건과 부자가 되기 위한 행동중점을 제시해 본 것이다. 유년시절부터 노년기까지 평생 이러한 조건을 모두 완벽하게 가지면서 인생을 마친 사람이 얼마나 될까? 물론 있을 것이다. 그러나 많지는 않을 것이며 극히 일부의 사람만 이러한 인생을 살 수 있을 것이다. 이 책을 읽고 있는 당신은 현재 어느 연령대이며 지나온 시간들이 어떠했는지 생각해보길 바라며 앞으로 남은 인생 역정 속에 이러한 조건을 갖출 자신이 있는지 묻고 싶다. 아울러 당신은 이 세상에 평범한 인간으로 태어나 이렇게 성공하면서 살 수 있을 것이라 믿는지도 묻고 싶다. 만약 당신이 이루지 못했고 쉬운 일이 아니라는 것을 인정한다면 절대 자식들에게 이러한 인생을 강요해서는 안 된다고 생각한다. 다만 이러한 조건들이 연령대별로 성공의 기준이라는 점을 자식들에게 알려주고 자식들이 이를 이루기 위해 장기적으로 노력할 수 있는 동기를 부여해 주는 것은 부모로서 매우 중요한 역할이라 생각한다.

아울러 우리는 어려서 공부만 잘하면 출세하고 부자가 되는 줄 알았다. 공부만 잘하면 좋은 직업을 가질 수 있고 돈도 많이 벌 수 있으며 명예까지도 저절로 갖게 될 것이라고 굳게 믿었다. 그러나 절대 그렇지 않다. 왜냐하면 시대 상황에 따라 이러한 출세, 부자의 기준이 계속 바뀌기 때문이다. 개발도상국에서 출세하고 돈을 많이 벌려면 스포츠 스타가 되는 것이 가장 빠르다. 중진국에서는 자영업자들이 가장 빠르며 선진국에서는 어느 직업이든 그 직업에서 가장 성공한 사람, 해당 분야에서 가장 능력을 인정받은 사람이 그렇게 될 가능성이 크다. 즉 선진국이 되면 국민들이 남을 의식하지 않고 내가 좋아하는 분야의 최고 전문가를 찾아가기 때문에 어느 분야든 그 분야의 전문성를 인정받아 일명 덕후[25)]가 되면 그러한 부와 명예를 모두 얻을 수 있기 때문이다.

위의 기준을 보았을 때 성공한 인생을 살기 위해 어떻게 살 것인가? 젊었을 때는 열심히 공부하여 좋은 학교를 나와 좋은 직장에 다녀야하고 근검절약하여 돈을 모아야 하고 자식도 잘 교육시켜야 하며 지속적인 경제활동이 가능하도록 준비하여야 하고 자신의 건강과 부인의 건강을 잘 챙겨서 백년해로 하는 것이 성공한 인생이라 하겠다. 그럼 자식이 공부도 잘하고 빨리 경제활동에 뛰어들어 자립할 수 있도록 하려면 어떻게 해야 할까? 우선 자식교육에 있어서 가장 중

25) 덕후 : 일본어 오타쿠(御宅)를 한국식으로 발음한 '오덕후'의 줄임말로, 현재는 어떤 분야에 몰두해 전문가 이상의 열정과 흥미를 가지고 있는 사람이라는 긍정적인 의미로 사용된다. [시사상식사전]

요한 것이 무엇인지 생각해 보아야 한다. 자식교육에 있어서 가장 중요한 것은 ①건강 ②지능 ③자존감 ④자립심 ⑤절약 ⑥예절 ⑦책임감 등이다. 이러한 요소들을 함양하고 개발하기 위하여 어떻게 해야 하는지 구체적인 방안을 제시하고자 한다.

먼저 건강한 자식을 위해...

인간이 세상을 살면서 돈을 잃으면 조금 잃는 것이요, 명예를 잃으면 많이 잃는 것이며, 건강을 잃으면 모든 것을 잃는 것이라 하였다. 즉 인생을 살면서 건강이 가장 중요하다는 것은 더 이상 강조할 필요가 없다. 이를 위해 아이가 걷기 시작하면서부터 스스로 최대한 많이 걷게 해야 한다. 또한 3세 전후부터 땀을 흘릴 수 있는 기회를 많이 부여해야 한다. 땀은 인간이 몸속의 노폐물을 피부를 통해 배출하는 것이며 이를 통해 몸속 모든 활동을 활성화하고 건강한 혈액순환과 스트레스 해소를 위해 가장 좋은 방법이다. 땀을 흘림으로써 스트레스를 해소하고 상쾌한 기분을 회복하는 방법을 체득하도록 하는 것이 무엇보다 중요하며, 점차 커 가면서 일상 속에서 할 수 있는 운동을 배우도록 하는 것이 중요하다. 권장하는 운동은 먼저 어려서 수영을 통해 생존능력을 부여하고 올바른 체형을 형성할 수 있다. 점차 커 가면서 구기운동을 시키되 체형과 재능을 잘 파악하여 농구, 축구, 테니스, 골프 등을 지속적으로 숙달해 나갈 것을 권장한다.

두 번째, 지능이 우수한, 영리한 자식을 위해...

3~4세경부터 악기를 배울 것을 권한다. 인간의 뇌는 전두엽과 후두

엽이 있는데 전두엽은 인지 기능을, 후두엽은 판단 기능을 수행한다고 한다. 눈, 코, 입, 귀, 몸 등 오감으로 얻어진 정보를 전두엽에서 인지하고 이를 다시 후두엽으로 옮겨서 판단한 후 명령을 내리면 행동으로 옮긴다. 따라서 이러한 인지-판단-행동의 과정을 발달시킬 필요가 있는데 이를 가장 적절히 발달시킬 수 있는 방법이 악기 연주라고 한다. 악보를 보고 인지하고 판단하여 악기를 연주하는 학습, 훈련을 지속적으로 할 수 있는 피아노, 바이올린 등의 악기 연주를 적극 권장한다. 아울러 글을 읽기 시작한 후부터는 지속적인 독서가 최고의 학습 활동이다. 독서를 통해 타인의 경험을 체득하고 이를 심사숙고하면서 자신의 주관을 세워나가는 활동을 지속적으로 하는 것이 궁극적인 지적 수준, 앎의 지평을 넓혀가는 지름길이라고 확신한다. 다만 아이들이 어떻게 책과 친숙하도록 할 것인가가 의문점인데 가장 바람직한 방법은 집에 TV, 스마트폰, 게임기 등 위해한 환경을 없애고 거실에서 온 가족이 책을 읽는 환경을 형성해주는 것이다.

세 번째, 자존감이 강한 자식을 위해...

자존감은 단순한 자존심과는 다른 개념으로써 '자신에 대한 존엄성이 타인들의 외적인 인정이나 칭찬에 의한 것이 아니라 자신 내부의 성숙된 사고와 가치에 의해 얻어지는 개인의 의식'을 말한다. 이러한 자존감은 궁극적으로 자신이 이 세상에 존재하는 이유와 목적을 형성하게 하고 이를 바탕으로 자신이 어떻게 살 것인가를 결정짓게 하는 매우 중요한 요소이다. 또한 자신의 발전을 위해 지속적으로 노력하게 하는 원동력이다. 자존감이 강한 자식을 위해 항상 자식을 귀하게 여기고 자식 스스로 본인을 귀하게 여길 수 있도록 만드는 것이 중요하며, 바람직한 방법은 온 가족이 상호 존칭을 할 것을 권장한다. 부부간의 대화나 자식과의 대화도 모두 존댓말을 한다면 저절로 서로 귀하게 대하는 첫걸음이 될 것이다. 대표적인 예로 안철수 씨의 어머니가 항상 자식들에게 존댓말을 한 일화는 유명하다.

네 번째, 자립심이 강한 자식을 위해...

자립심은 인간이 살아가면서 어떠한 어려움과 난관을 만나더라도 이를 스스로 극복하게 만드는 삶의 자세이며 참고 견디는 성공의 필수 요소이다. 자립심이 없는 사람은 모든 것을 부모, 형제, 친구에게 의존하고 스스로 결정을 하지 못하기 때문에 궁극적으로 스스로 성공하지 못한다. 반면 자립심이 강한 사람은 자신의 현 상태를 진단하여 스스로 행동의 범위와 크기를 한정지을 줄 알기 때문에 성장할수록 실패할 확률을 줄여나갈 줄 안다. 자립심이 강한 자식을 위해 우선 갓난 아이 때가 가장 중요하다. 걷기 시작할 때 걷다가 넘어지면 절대 일으켜 세워주면 안 된다. 무릎이 깨지고, 손바닥이 다치고, 울고불고 하더라도 반드시 스스로 일어나도록 훈육해야 한다. 만약 필요하다면 일어나기 쉬운 방법을 알려주되 절대 직접적인 도움을 주어서는 안 된다. 성인이 되어서는 부모가 절대 그 과정에 관여하지 말고 결과(목표)만을 제시하고 스스로 과정을 고민하게 만드는 훈련을 통해 스스로 계획하고 행동하는 훈련이 필요하다.

다섯 번째, 절약할 줄 아는 자식을 위해...

일본의 대표적 소설 ‘언덕 위의 구름’ 내용 중에서 일본의 재건을 위해 결정적으로 공헌한 두 아들이 자신들을 성공적으로 성장시킨 아버지에게 그 비결을 묻자, 아버지의 대답은 “너희들이 가난에 대한 아픈 체험을 할 수 있도록 했다.”는 내용이 있다. 즉 어린 시절 가난, 궁핍함에 대하여 절실한 경험을 한 사람은 이를 극복하기 위해 열심히 노력하게 되고 이를 통해 성공해야 한다는 동기를 갖게 된다는 것으로써 어린 자녀에게 궁핍함에 대한 경험은 매우 중요한 요소라 하겠다. 이를 위해 자식이 원하는 것은 반드시 그 이유를 묻고 꼭 필요하다고 판단될 때에만 제한적으로 사주는 부모의 역할이 매우 중요하다. 자녀들의 뇌리에 “우리 부모님은 내가 원하는 것을 쉽게 해 주지 않는다. 필요하면 내가 열심히 돈을 벌어서 스스로 사야 한다.”라는 생각을 하도록 환경을 조성하는 것이 중요하다.

여섯 번째, 예절바른 자식을 위해...

이 부분은 부모의 주관에 따라 다소 차이가 있을 수 있는 부분이다. 자칫 너무 강조하다보면 자식을 위축시킬 수 있는 부분이기 때문에 적절히 강조해야 하겠지만 최소한 다른 사람들에게 손가락질을 당하는 자식은 이 사회에서 정상적인 사회활동을 하기 어렵기 때문에 부모가 밥상머리 교육을 통해 수시로 강조하고 평소 행동을 잘 지도해 주어야 한다. 특히 질서 지키기, 존댓말 사용, 인사 잘하기, 공손한 언행 등 이 사회를 살아가는데 필수적인 요소를 가르칠 수 있는 사람은 오직 부모밖에 없음을 인지해야 할 것이다.

일곱 번째, 책임감이 강한 자식을 위해...

책임감은 이 세상을 살아가는 민주시민에게 매우 중요한 덕목이다. 책임감이 없는 아버지는 상상할 수 없고, 책임감이 없는 엄마는 더욱 더 무서운 결과를 초래할 가능성이 크다. 부모님에 대한 책임, 형제들에 대한 책임, 가족들에 대한 책임, 직장에서의 책임, 국민으로서의 책임 등 모든 관계 속에 책임이 있다. 따라서 한 사람의 인간으로서 본인에게 주어진 책임을 다하는 습관을 갖도록 교육하는 것은 중요하다. 이를 위해 부모는 어려서부터 무책임한 행동에 대하여 강한 질책과 훈육이 필요하고 이를 올바로 감당할 수 있는 인간이 될 수 있도록 교육해야 한다. 책임감을 함양할 수 있는 방법은 학창시절에 반장, 회장 등의 직책을 수행해보는 것도 좋은 방법이라 생각한다.

이상으로 자식 교육을 위해 필요한 사항과 이러한 사항들을 함양할 수 있는 방법들을 제시해 보았다. 이는 내가 지난 세월 동안 수많은 젊은이들을 접하면서 나름대로 정리한 주관적 의견이기 때문에 100% 올바른 내용이라고 확신할 수는 없다. 하지만 이러한 내용들을 깊이 있게 고민하고 이를 함양할 수 있도록 부부가 함께 고민하고 노력한다면 훨씬 더 올바른 자녀를 만들어 갈 수 있을 것이라 확신한다.

02

잘되는 집안과 안 되는 집안

한 아이가 성장하여 부자가 되는 데는 여러 가지 영향요소가 있다. 위항에서 강조한 것처럼 부모로부터 좋은 교육을 받아 기본적 소양이 우수한 경우도 있지만 이것이 전부는 아니다. 분명 우리가 알지 못하는 다른 무엇이 있다. 나는 그것을 운명적인 부분이라고도 생각하지만 달리 표현하면 그 집안의 내력이며 집안의 복이라고 생각한다. 어떤 집안은 잘되는 집안이 있고 어떤 집안은 안 되는 집안이 있다. 이러한 집안의 내력이 우리 자식을 부자가 되게 하고 그렇지 못하게도 한다.

그럼 잘 되는 집안과 안 되는 집안은 어떤 차이가 있을까, 잘 되는 집안은 한 부모님 사이에 태어난 자식들이 하나같이 유명인사가 되고 부자가 되고 잘 풀리는 반면, 안 되는 집안은 자식들이 하는 일이 사사건건 안 풀리고 범죄자가 되고 사회에 물의를 일으키는 경우가 있다. 자식이 부자가 되고 훌륭한 사람이 되는 것을 마다할 부모가 어디 있을 것인가, 그런데 왜 우리 주위에는 잘 되는 집안이 있는 반면 안 되는 집안도 그렇게 많을까, 정확히 얘기하면 잘 되는 집안은 몇 없는 반면에 안 되는 집안은 주위에 많은 편이다.

나는 이러한 의문에 대해서 아주 오래 전부터 궁금하게 생각을 하였고 원인에 대해서 많은 연구와 고민을 하였다. 개인별 사주팔자적인 측면에서 보면 이것은 맞지 않는 현상이다. 왜냐하면 개인별로 사주팔자가 모두 다르기 때문에 그 집안 형제들이 모두 다 잘 된다는 것은 사주팔자적인 관점에서는 맞지 않다. 다음으로 풍수지리학적 관점에서 조상 묘를 명당에 써서 조상의 은덕을 받아 후손들이 잘 된다는 관점도 있다. 이 부분은 일면 상당히 의미가 있고 또 검증할 가치가 있는 부분이며 많은 풍수학자들은 "어느 집안은 할아버지 묘가 명당에 있기 때문에 자식들이 모두 발복한다."고 자신 있게 이야기한다.

그런데 이러한 주장에는 한계가 있다. 전라북도 완주군 모악산에 있는 북한 김일성 시조(김태서) 묘의 정기(땅의 기운)를 예측하여, 1994년 음력 9월에 김일성이 사망할 것이라는 것을 '터'라는 책을 통해 정확히 예언했던 유명한 풍수전문가 손석우 씨가 있었다. 그가 쓴 내용에 의하면 명당을 제대로 쓰기 위해서는 정확한 위치를 잡아야 되는데 그러기 위해서는 지맥, 수맥, 방향, 깊이, 넓이, 토질, 전경(前景), 햇볕, 바람, 앞뒤좌우의 산세 등 고려할 요소가 수없이 많다고 하며 이는 인간이 할 수 없는 신의 영역이라고 했다. 즉 명당은 하늘의 도움을 받아야만 비로소 얻을 수 있는데, 이것은 아무리 재산이 많고 권력이 있다고 해서 할 수 있는 일이 아니고, 오직 할 수 있는 방법은 삼대가 선업(착한 일)을 쌓아야만 얻을 수 있다고 했다. 이 말은 우리가 지금 조상님을 좋은 자리를 모셔서 복을 받는 것이 아니고, 훨씬 이전부터 조상님들의 엄청난 희생과 노력에 의해 후대의 자식들이 은덕을 받는다는 이야기이다. 따라서 그 집안이 잘 되는 이유로 조상님 묏자리의 영향은 있을지언정 이것은 우리의 노력 여하하고 관계가 없다는 것이다.

나는 이러한 두 가지 관점이 아닌 새로운 관점에서 원인을 제시하고자 한다. 결론부터 얘기하면 잘 되는 집안과 안 되는 집안의 차이는 가정교육, 즉 부모가 자식에 대하는 자세, 자식들이 부모에 대하는 자세에 따라 달라짐을 관찰할 수 있었다. 잘 되는 집안은 부모가 솔선수범하고 매우 모범적이며 열심히 세상을 살아가는 경우가 대부분이었다. 부모가 먼저 솔선수범하고 올바로 살면서 자식들이 세상을 어떻게 살아야 되는지, 어떻게 근검절약하고 어떻게 돈 관리를 해야 가난하게 살지 않는지에 대해 어려서부터 꼼꼼히 교육하고 집안을 공부하는 분위기, 서로가 존중하는 분위기로 만들어 놓은 집안의 자녀들이 예의도 바르고 부모에게 순종하며 자신을 낮출 줄 알고 또 자신의 인생에 대해서 고민하며 진중하게 살아가는 공통점을 발견할 수 있었다. 이러한 기본적 자세가 사회생활을 하는데 얼마나 큰 도움이 될 것인지는 두말할 필요가 없다. 대표적인 예로 유대인들의 삶의 방식과 탈무드에 의한 교육 내용을 보면 그들이 왜 잘사는지 이해가 될 것이다. 반면 안 되는 집안은 대부분 부모가 자식들에게 흠을 잡히거나 부모의 인생 자체가 자식들에게 모범적이지 못한 모습을 확인할 수 있다. 뿐만 아니라 부모들이 자식 교육에 대해 특별한 관심을 쏟을 겨를도 없고 또 쓰지도 못할뿐더러 자신의 인생을 하루하루 살아가는 것만으로도 벅찬 경우들이 많다. 먼저 자신이 세상에 뒤쳐지고 세상을 믿지 못하고 세상을 원망하면서 살아가는 부모 아래서 자란 자식들이 이 세상을 올바른 자세로 살아간다는 것은 매우 어려운 일이다.

우리는 어려서부터 초, 중, 고, 대학교 과정을 거치면서 많은 교육을 받지만 진정으로 우리의 이념과 사상 그리고 가치관을 형성하는데 결정적인 영향을 미치는 것은 결국 가정교육이다. 우리 아이들이 부자가 되게 하려면 부모가 먼저 절약하고 미래를 위해 준비할 줄 알고 지혜롭게 자식을 교육함으로써 자식이 부모를 믿고 내 손에 들어온 마시멜로를 먹지 않고 기다릴 줄 알도록 교육시키고 솔선수범하는 것이 가장 중요하다.

03

금융마인드 가르치기

예부터 자식에게 돈을 많이 물려주는 것은 자식을 망치는 일이요, 돈 버는 방법을 알려 주는 것은 자식을 성공시키는 지름길이라고 했다. 나는 비록 월급을 받아서 자식들 키우고 먹고 사는데 지출하느라 저축을 많이 못 하고 돈을 많이 못 벌어 부자가 되지는 못했더라도, 내 자식을 부자로 만들기 위해서는 자식에게 어려서부터 돈을 모아 투자하는 방법을 가르쳐야 한다.

주식에 투자하여 돈을 버는 방법, 부동산에 투자하여 돈을 버는 방법, 채권에 투자하여 돈 버는 방법 등 돈을 버는 방법은 우리가 마음만 먹으면 각종 매체를 통해 수많은 자료를 접할 수 있다. 그런데 우리는 이러한 자료들을 찾아 연구하고 투자할 생각은 하지 않고 하루

하루 현실에 연연하며 살아가고 있다. 우리 자식만큼은 이런 하루 벌어서 하루 먹고 사는, 한 달 벌어서 한 달 먹고 사는 가난한 인생을 대물림하지 말아야 하지 않겠는가? 내가 직접 일하지 않아도 돈이 돈을 버는 인생, 조물주보다 더 높다는 건물주가 되는 부자 인생, 언제든지 직장을 그만두더라도 경제적 문제가 전혀 없는 풍요로운 인생의 꿈을 갖도록 키워야 된다.

우리 주변에는 많은 사람들이 일확천금으로 돈 번 얘기들을 많이 한다. 예를 들면 경상북도 김천 KTX역 앞에 공동묘지가 있었는데 그 공동묘지의 땅 한 평이 5만 원이었다고 한다. 모두들 그곳은 영원히 공동묘지일 것이라고 생각하고 있었다. 그런데 그곳이 KTX역 상업지구로 지정되면서 2018년 현재 평(3.3㎡)당 1,500만 원이 되었다고 한다. 5년 사이에 300배가 뛰었다고 부러워하고 그것을 무용담처럼 얘기한다. 그런데 이 세상에 공짜는 없다고 했다. 그렇게 갑자기 번 돈은 쉽게 쓸 일이 생기고 쉽게 쓰게 되며 또 주위에서 그걸 탐내고 많은 사람들이 몰려들게 되어 결국 결말이 좋지 않은 사례를 우리는 너무 많이 보았다.

그런데 이러한 일확천금에 대한 이야기에 귀 기울이지 않고, 우리 아이가 열 살 때부터 한 달에 만 원씩 돈을 모으면 1년에 12만 원, 10년이면 120만 원으로 액수는 작지만 이것을 복리로 투자하거나, 열 살 때부터 만 원짜리 주식을 매달 한 주씩 샀다고 가정을 하면 1년이면 12주, 10년이면 120주가 된다. 이렇게 투자한 예금이나 주식이 그

후로 10년이 더 지난 뒤에 몇 배가 될지 어느 누구도 예측할 수 없다. 10배가 될지 100배가 될지 1,000배가 될지... 이것이 훨씬 더 쉬운 돈 벌기가 되지 않겠는가. 우리는 아이들에게 이러한 방법을 가르쳐 주고 하게 만들어야 한다. 필요하면 어려서부터 부모가 주는 용돈 중에 10~20%를 주식으로 한 주씩 사 주는 습관을 길러 보자. 본인이 중간에 팔아서 용돈으로 써버린다손 치더라도 나중에 본인이 한 행동이 잘못이었다는 것을 느끼는 것 또한 교육이 될 수 있을 것이다. 실패는 성공의 어머니라고 했다. 우리 아이들에게 부자들의 습관, 부자 되는 방법, 부자가 될 수 있는 구체적인 기술을 가르쳐서 어려서부터 귀에 못이 박히도록 하고 항상 몸에 체득 될 수 있도록 강조하고 훈련시켜야 한다.

자식들에게 검사, 판사, 의사, 교수, 연구원, 공무원, 대기업 회사원 등 직업을 강요해서는 안 된다. 본인이 성장하는 과정에 본인의 적성에 맞는 일을 찾아서 하면 되는 것이다. 검·판사나 의사가 되었다고 해서 반드시 행복한 인생이 될 수 있는 것은 아니다. 그러나 부자가 되면 행복해질 수 있다. 대부분의 부자는 보통 가난한 사람에 비해 원하는 것을 훨씬 더 쉽게 얻고 남을 도와줄 수도 있으며, 가족들을 윤택하게 만들어 줄 수 있기 때문에 훨씬 더 행복해질 가능성이 크다. 따라서 우리는 아이들에게 부자가 되라고 요구하고 강요해야 한다. 또 부자가 되는 법을 가르쳐 주어야 한다. 비록 내가 가난하게 살았다고 하더라도, 내가 돈을 많이 벌지 못했다 하더라도 자식들에게는 반드시 부자가 되라고 요구하고 부자가 되는 방법을 가르쳐야 한다. 그것을 어려서부터 뼛속 깊이 간직했을 때 아이들은 부자에 대해서 돈에 대해서 귀하게 생각하고 돈을 아끼는 습관을 형성하게 되며 나이가 들었을 때 훨씬 더 윤택한 삶을 살 수 있을 것이다.

이 세상에 잘못된 자식을 바라는 부모는 없을 것이다. 자식과 부모 사이에 절대 하지 말아야 할 것 한 가지가 서로 등을 지는 것이다. 서로 등을 지는 이유는 자식이 부모에게 해로운 행동을 해서인 경우도 간혹 있지만, 대부분은 부모가 자식을 이해하지 않고 강요하며 자식을 지나치게 부모의 뜻대로 키우려다 보니 이것을 순응하지 못한 자식과의 사이에서 발생하는 경우가 많다. 따라서 지나치게 부모의 의지대로 자식을 강요하지 말고 부모는 자식의 재능과 소질, 취미와 좋아하는 것을 빨리 파악하여 그 소질을 더욱 더 개발해 나갈 수 있도록 북돋워주고 가르쳐 주어야 한다. 특히 미래에는 대부분의 일들을 로봇이나 컴퓨터가 하기 때문에 우리 인간은 머릿속에 많은 것을 기억하고 있을 필요가 없다. 미래 사회는 창의적이고 감성적인 생각을 가진 사람을 필요로 한다. 평상시 맑고, 기쁘고, 행복한 환경에서 성장한 아이들 머릿속에서 창의성과 감성이 더 풍부하게 형성될 가능성이 크다. 그러려면 우리는 아이들이 기쁘고 행복하고 자신감 있게 생활할 수 있도록 여건을 마련해 주어야 한다. 부모 앞에서 말 한마디 못 하게 하고 오로지 공부만 열심히 하게 하여 시키는 일에 만 충실한 인간을 만들게 되면 학창시절에 공부를 잘 할 수 있을지언정 학교를 졸업하고 직장에 취직해서는 본인이 스스로 어떤 일을 해결할 능력이 없게 된다.

우리는 자식이 가능한 어린 나이부터 부모의 말에 순종하기보다는 자기 스스로 모든 일을 하도록 만들어 주어야 한다. 부모가 항상 "네가 판단하고 네가 결정해라. 그리고 네가 책임을 져야 한다. 부모에게 의지하지 마라."고 교육한다면 공부를 열심히 하는 일, 대학에서 학과를 선택하는 일, 직업을 선택하는 일, 배우자를 선택하는 일, 가치관을 선택하는 일, 종교를 선택하는 일 등 모든 일들을 스스로 선택하게 되고 거기에 대한 책임감을 갖고 주체적인 인생을 살아갈 수 있을 것이다.

공부를 잘하고 못하고는 아무런 상관관계가 없다. 갈수록 직업에 귀천이 없어지고, 높은 자리 낮은 자리, 하찮은 일 귀한 일이 없어지게 된다. 무슨 일을 하느냐 보다 얼마나 재미있고 행복하게 사느냐가 관건이 된다. 한 달에 100만 원을 번다고 해서 불행하고 한 달에 1,000만 원을 번다고 해서 행복해지는 것은 절대 아니다. 1,000만 원을 벌어도 다 써버리고 저축하지 않으면 100만 원을 벌어서 30만 원씩 저축하는 사람보다 더 가난해 질 가능성이 크다. 왜냐하면 수입이 영원한 것이 아니기 때문에 언젠가 수입이 끊어졌을 때 지출의 습관을 줄이기 어렵고 만약 하고 싶은 지출을 하지 못했을 때 오는 상실감과 욕구 불만족을 견뎌내기 어렵기 때문이다. 그러나 어려서부터 근면하고 본인의 욕구를 참고 견뎌왔던 사람은 꿈을 갖게 되고 필요 욕구를 갖게 되며 그러한 욕구를 충족하기 위해 열심히 일해야 한다는 동기부여가 된다. 따라서 "무엇을 사주세요." 하면, 왜 사주어야 하는지 그것이 너에게 왜 필요한지 지금 꼭 사야 되는 것인지 등 조목조목 따져서 사주는 버릇을 들이고 가급적이면 사주는 것에 대한 대가를 치르도록 함으로써 이 세상에 공짜가 없다는 걸 분명히 주지시킬 필요가 있다. 그래야 어른이 되어서도 자기 수입에 대한 정당한 대가를 이해하게 되고, 자신의 노력에 대한 대가를 정당하게 요구하게 되며 공짜를 바라지 않는 시민으로 성장하게 될 것이다.

04

미성년자 통장(주식계좌) 만들기

나는 자식을 두 명 낳아서 둘 다 성인이 되었고 큰 아이는 군 제대 후 대학을 졸업하고 현재 외국에서 자신의 발전을 위해 노력하고 있는 멋진 젊은이로 성장하였다. 내가 자식을 키운 경험을 바탕으로 볼 때, 아이가 태어나 초등학교에 입학하기 전까지는 건강하게 키우는 것이 가장 중요하다. 특히 출생 후 4~5년은 아이의 성격과 습관, 두뇌 수준을 결정짓는 가장 중요한 시기이다. 태어나서 스스로 밥을 먹고, 스스로 용변을 해결하고, 스스로 자신을 돌 볼 수 있도록 한 다음 초등학교에 입학해야 한다. 초등학교에 입학을 하면 보통의 부모들은 우리 아이가 기죽지 않도록 많은 노력을 하는데 여기에서 매우 잘못된 습관이 길러진다. 대부분의 부모들은 우리 아이가 다른 아이들과 함께 생활하면서 기죽지 않고 자신감 있게 행동하게 하기 위하여 돈을 많이 주는 것을 한 가지 방법으로 생각한다. 심지어는 초등학교 1, 2학년 어린이에게 신용카드를 주고 마음껏 사용하도록 하는 사례도 많다.

아이들은 어른과 다르게 아직 미성숙한 경우가 많다. 근본적 욕구를 참아 낼 능력이 미흡하고 지금 당장 발생한 욕구에 충실하게 된다. 따라서 본인의 주머니에 갖고 있는 돈을 사용하지 않고 참아내는 능력이 부족하다. 일단 먹고 싶은 것, 갖고 싶은 것을 사는데 지출하게 된다. 이러한 습관이 몸에 체득되어 버리면 그 다음부터는 이를 통제하기 어려워진다. 이러한 아이를 만족시킬 수 있는 유일한 방법은 계속 더 많은 돈을 주는 방법밖에 없다. 우리 집의 총 소득이 얼마이고 내가 지출할 수 있는 규모가 어디까지인지 알지도 못하고 알려고 하지도 않는다. 집안의 괴물이 성장하게 되는 것이다.

이러한 괴물을 방지하기 위해 아주 어려서부터 스스로 자신의 수입과 지출을 통제하도록 교육해야 한다. 그 시기는 가급적 빠를수록 좋다. 이를 위해 아이가 초등학교에 진학하게 되면 아이 이름의 통장을 만들어 주고 부모는 가급적 일일 단위로 용돈을 주되 소비를 하기 전에 먼저 저축을 하고 남는 돈의 범위 내에서 소비하는 습관을 길러 주어야 한다. 중학생이 되면 은행의 체크카드를 발급해 준 뒤, 주간 단위로 용돈을 입금하여 주고 입금된 돈 중에서 일정 부분을 스스로 저축하게 하고 남는 돈으로 한 주를 생활하도록 교육시켜야 한다. 이러한 과정을 통해 계획적인 소비 습관이 길러진 학생이라면 고등학생 때부터, 그렇지 못한 학생이라면 대학생이 되어서부터 비로소 월 단위로 용돈을 주는 것이 바람직하다. 절대 신용카드를 주어서는 안 되고 본인 통장의 잔고 범위 내에서 체크카드로 지출을 할 수 있도록 통제하는 것이 중요하다. 왜냐하면 신용카드는 미래의 수입을 미리 지출하는 것이고 체크카드는 현재 가용한 범위 내에서 지출을 하는 것이기 때문에 아이들의 금융 마인드 교육 측면에서 매우 중요한 사항이기 때문이다. 아울러 분기나 반기로 나누어 정기적으로 체크카드 지출 내역을 부모와 함께 결산하는 습관을 추천한다. 아이가 성장한 이후 시작하면 이것을 사생활 침해라고 싫어하겠지만 초등학교 때부터 습관화 한다면 매우 긍정적인 효과가 발생할 것이다. 또한 최근 과학기술의 발달로 은행권에도 새로운 거래 유형들이 생겨나고 있기 때문에 은행을 통한 거래방식에 고집하지 말고 적극적으로 인터넷은행을 이용하거나 스마트폰을 활용한 거래에 대해서도 부모가 먼저 습득하고 자식들에게 알려줄 필요가 있다.

본인의 통장과 체크카드가 만들어지고 계획성 있는 지출이 형성되면 다음은 적금 통장이나 주식 계좌를 만들어 주어야 한다. 적금 통장이나 주식 계좌는 가급적 빠른 시기, 즉 미성년자일 때 만들어 줄 것을 권유한다. 종목별로 투자를 할 때 착안해야 할 점 몇 가지를 제시해 보겠다. 먼저 적금을 가입할 때에는 자식과 함께 은행에 방문하여 이자율과 비과세 혜택, 상품별 추가적인 혜택 등을 꼼꼼히 생각해 보고 아이가 스스로 선택할 수 있도록 해야 한다. 그리고 이 적금이 만기가 되었을 때 어디에 사용할 것인지도 미리 정해놓길 바란다.

왜냐하면 어린 아이에게 돈에 의한 꿈의 실현을 실증적으로 체험해 보게 하기 위함이다. 돈이란 사용하기 위한 도구가 아니고 미래의 꿈을 실현하기 위한 수단이라는 점을 어려서부터 체득시키는 것이 핵심이다. 다음 주식 계좌에 투자할 때는 동일하게 자식과 상의하여 결정하도록 하는 것이 중요하다. 그리고 종목을 선정할 때 일반적인 주식 투자와 다른 방향으로 투자할 것을 추천한다. 일반적인 주식 투자는 현재의 우량주를 중심으로 투자를 하게 된다. 그러나 우리 아이가 투자하는 종목은 가급적 지금은 잘 알려지지 않았으나 미래가 촉망되는 주식에 투자할 것을 권유한다. 특히 아이가 알고 있는 분야에서 영업이익을 창출하는 회사가 좋을 것이다. 예를 들면 2018년 현재 아이들이 가장 관심을 갖는 종목은 연예기획사, 게임회사, 제과회사 등일 것이다. 이러한 회사들에 대하여 각종 매체를 통해 정보를 수집하고 수집된 정보에 대하여 아이와 깊이 있는 토의를 통해 종목을 결정하여 투자할 것을 권유한다. 또한 투자를 하기 전에 투자 계획을 수립해야 한다. 언제까지 기간을 정해서 투자할 것인지 아니면 목표 주가를 정해 수익이 실현되면 매각할 것인지 등을 미리 결정하여 투자해야 한다. 가급적 장기 투자를 추천하며 아이가 이 회사에 대하여 관심을 갖고 연구하도록 한다면 또 다른 효과를 거둘 수 있을 것이다. 이러한 과정을 통해 이자율, 세금 관계, 수익률, 영업이익, PER 등 투자에 필요한 실질적 노하우를 어려서부터 쌓을 수 있다면 이것이 최고의 교육이라 생각한다.

부모가 자식에게 줄 수 있는 최고의 재산은 돈을 버는 방법을 가르쳐 주는 것이다. 본인의 이름으로 투자를 하고 본인이 투자한 항목에 대하여 관심을 갖고 더 나은 투자방법을 배우기 위해 스스로 연구하도록 여건을 마련해 준다면 어린 나이에 게임에 빠져 시간을 보내거나 비생산적인 활동으로 지출을 하는 일은 많이 줄어들 것이다. 오히려 조금만 돈이 생겨도 이를 모아 새로운 투자를 하기 위해 스스로 준비하는 습관이 길러질 것이며 이러한 습관이 형성되면 그 아이는 이미 부자가 된 것이나 다름이 없다.

05

부모가 자식에게 하지 말아야 할 것들

자식의 입장에서 성장하여 결혼 후 아이를 낳아 부모가 된 대부분의 사람들은 심각한 착각에 빠지게 된다. 그것은 바로 '내 아이만큼은 이 세상에서 가장 귀하게 키우고 싶고, 귀하게 키우면 아이가 성장하여 부모의 은혜에 감사하고 보답할 것이라는 막연한 믿음'이다. 이러한 생각에는 심각한 논리의 모순이 있다. 먼저 귀하게 키운다는 생각의 기준이 없다는 것이다. 사람을 어떻게 키우는 것이 귀하게 키우는 것인가? 우리는 이러한 명제에 대하여 특별히 배우지 않았고 알지도 못한다. 그러면서 내 아이는 어느 누구보다 더 귀하게 키워야한다고 생각한다. 두 번째, 귀하게 키우면 아이가 성장하여 부모의 은혜에 감사하고 보답할 것이라는 믿음의 모호성이다. 아직 인생의 제반 윤리에 대한 가치관이 형성되지 않은 아이가 어떻게 부모의 은혜를 알 것이며, 어떻게 감사한 마음을 갖고 또한 어떻게 보답을 할 것인가? 이것은 마치 어린 고양이를 키우면서 이러한 믿음을 갖는 것과 다를 바가 없는 것이다.

이러한 착각 속에 부모들은 자신의 능력이나 아이의 선호 그리고 자식의 미래에 대한 심각한 고민 없이 막연하게 값비싼 유아용품, 값비싼 서비스, 값비싼 유아시설과 유치원, 값비싼 학원 및 과외 등 마치 경쟁이라도 하는 것처럼 자신의 능력을 초과한 값비싼 소비를 하고, 가족의 미래를 위한 준비를 해야 할 가장 중요한 시기에 모두 소비성 지출만 함으로써 자산을 축적할 수 있는 시간을 허비한다. 또한 막연한 기대 속에 자신의 능력을 초과하여 소비를 함으로써 그 막연한 기대는 더 커지게 되고 추후에 아이가 성장하여 자신의 기대에 어긋나는 행동을 하였을 경우 대부분의 부모들은 자식에게 실망하고 탄식한다. 또한 자신의 잘못을 인정하지 않고 모든 책임을 자식에게 전가함으로써 부모와 자식 간에 심각한 갈등 관계를 만드는 경우가 많다. 언제 자식이 부모에게 값비싸게 키워달라고 요구한 적이 있었던가?

50세 이상 나이가 들어 소위 산전수전 겪고 어느 정도 안정된 위치에 정착한 사람들과 어린 시절 이야기를 해 보면 한결같은 공통점이 있다. 그것은 어려서 부모에게 좋은 교육을 받았다는 이야기이다. 이들이 이야기하는 부모님의 좋은 교육에는 안타깝게도 값비싼 소비에 대한 감사한 마음은 단 한 명도 없다. 오히려 자신에게 '값싼 제품과 서비스를 통해 항상 부족함을 느끼게 하여 값비싼 것에 대한 욕구를 갖게 했다.'는 이야기가 주류를 이룬다.

유치원, 초등학교 등 인격이 아직 완성되지 않은 아이들을 지도하는 선생님들이 한결같이 하는 이야기가 있다. 아이의 언행을 보면 부모의 직업을 어느 정도 짐작할 수 있고, 나중에 아이의 부모를 만나보면 특징적인 공통점을 바로 알 수 있다고 한다. 자식은 부모의 거울이라고 했다. 부모가 자식에게 해주어야 할 가장 중요한 것은 모범적인 행동-귀감이 되는 언행-이 전부인 것이다.

나는 여기에서 부모가 자식의 미래를 위해 절대 하지 말아야 할 것 몇 가지를 제시하고자 한다. 첫째, 아이들이 원하지 않는 것을 부모가 강요해서는 안 된다. 자식이 원하지 않는 것을 무리하여 하게 하면 뒤에 분명히 부작용이 따른다. 예를 들어 버섯을 싫어하는 아이에게 버섯의 영양분과 몸에 좋은 점을 아무리 이야기해도 아이는 절대 듣지 않는다. 그럼에도 불구하고 부모가 계속 버섯 먹을 것을 강요하면 오히려 버섯만 보면 부모의 잔소리가 떠올라 버섯에 대한 트라우마가 생겨 평생 버섯을 멀리하는 악영향을 끼칠 가능성이 크다. 오히려 아이가 싫어한다는 것을 인지한 순간 두 번 다시 이야기하지 않고 버섯을 버섯이 아닌 것처럼 다른 요리로 만들어 먹게 한다면 아이도 자신이 버섯을 싫어했었는데 언젠가 맛있게 먹고 있는 자신을 발견하게 될 것이다.

두 번째, 자식에게 절대 값비싼 제품과 서비스를 해 주지 말아야 한다. 나는 오히려 부모의 능력이 되더라도 꼭 필요한 제품과 서비스이면 보통의 수준에서 해 줄 것을 권한다. 이것은 향후 아이가 성장했을 때 주변 친구들과 공통의 주제를 형성하고 함께 대화할 수 있는 기회를 제공한다는 측면에서 중요하고, 무엇보다 부모가 값비싼 제품과 서비스를 위해 지나친 소비를 하지 않아도 된다는 측면에서 매우 중요한 사항이다.

세 번째, 자식이 원하는 것을 공짜로 해주어서는 안 된다. 자식이 원하는 것이 있으면 그 이유를 분명히 말하게 하고 비용이 발생하는 일이면 반드시 그에 대한 대가를 치르게 해야 한다. 3일 동안 어머니의 설거지를 돕게 한다거나 아버지의 신발을 닦게 하는 것도 좋은 방법이라고 생각한다.

네 번째, 자식에게 부모의 신용카드를 주어 사용하게 하는 것은 금물이다. 앞에서도 지속적으로 이야기하고 있는 부분이지만 인간은 사회적 동물이기 때문에 한 번 습관이 형성되면 그러한 습관을 바꾸기가 쉽지 않다. 그리고 내 것이라는 소유 의식을 조기에 갖게 하지 않으면 자칫 남의 물건도 쉽게 탐하게 되는 나쁜 결과를 초래하게 된다. 따라서 가장 소중한 내 자식이 이러한 무분별한 경제관념을 가진 인간이 되지 않게 하려면 부모의 돈을 자신의 돈으로 절대 착각하게 해서는 안 된다. 외국에서 오랫동안 부모의 지원 하에 공부를 하고 귀국한 자식이 부모에게 대들면서 "엄마 아빠가 나를 위해 해준 것이 무엇이냐."고 하며 인륜을 저버리는 범죄를 저지르는 모습을 우리는 매스컴을 통해 심심치 않게 볼 수 있다.

나의 친구들 중에는 부유한 가정에서 태어나 윤택한 어린 시절을 보냈으나 부모가 경제적 어려움을 겪게 되면서 홀로 독립하지 못하고 세상을 비관하며 살고 있는 사람들이 제법 있다. 이러한 사람들은 공통적으로 어려서 부모가 자신을 위해 너무 호의호식시킨 것을 원망한다. 이 세상에 그 크기를 줄일 수 없는 것이 세 가지 있다는 이야기를 앞에서도 하였다. 집의 크기, 자동차의 크기, 씀씀이의 규모는 절대 줄일 수 없다고 한다. 어려서부터 씀씀이의 크기를 작게 만들어 주는 것이 곧 아이가 성장하여 부자가 될 밑바탕을 만들어 주는 것이다.

06

부모가 자식을 망친 사례

위에서 설명한 부모가 자식에게 하지 말아야 할 것들을 그대로 함으로써 자식을 망치고 노년에 부모가 심각한 어려움을 겪은 사례들은 주위에서 많이 볼 수 있다. 여기에서는 이 중에 대표적인 사례 한 가지를 설명하고자 한다. 나와 잘 아는 분들이기에 그분들의 프라이버시를 생각하여 일부분은 각색하지만 전체적인 줄거리는 100% 실화이다.

K씨 부부는 두메산골에서 태어나 초등학교도 교육을 받지 못하고 부모로부터 물려받은 선산을 지키면서 농사를 열심히 지으며 두 아들을 낳아 열심히 키우면서 행복하게 살았다. 점차 자식들이 커 가는데 큰 아들 S는 공부도 잘하고 영특하여 인근 마을에서도 천재가 났

다고 소문이 자자할 정도로 반듯하게 잘 자랐다. 그런데 둘째 아들 P는 형과 전혀 다르게 시기심도 많고 엄마 치마폭을 벗어나지 못하고 계속 엄마와 함께하며 어린 시절을 보냈다.

점차 성장을 해 가면서도 큰 아들은 인근 시내로 중학교를 진학하여 원거리 통학을 마다하지 않고 열심히 공부하였으며 고등학교와 대학은 대도시로 나가 자취를 하면서 착실하게 생활하였다. 육군 현역병으로 군 복무를 마친 후 대학을 졸업하고 굴지의 공기업에 취직하였으며 인근 마을의 잘 교육받은 집안의 아가씨와 결혼도 하였다. 이후 알뜰한 아내 덕분에 적은 월급이지만 서울에 집도 장만하고 아들, 딸 둘을 낳아 잘 키워서 둘 다 서울의 S대학을 졸업하고 좋은 직장에 취직하는 등 남부럽지 않은 인생을 살게 되었다.

그러나 둘째 아들은 전혀 다른 인생을 살았다. 시골 마을에 있는 중학교를 졸업한 둘째 아들은 전혀 노력하지 않고 항상 엄마와 함께 생활하였으며 중학교를 졸업한 후에도 시내 농업계 고등학교를 진학하여 특별한 노력 없이 하루하루를 보내며 학창시절을 보냈다. 고등학교를 졸업한 둘째 아들이 대학에 진학할 실력이 안 되자 부모는 어떻게든 대학을 보내야 한다는 일념에 시내의 전문대학에 진학시켰고 이 아들은 대학생활 동안 공부는 멀리하고 일명 주색잡기에 빠져 방탕한 생활을 하였다. 이러한 아들의 모습에 화가 난 아버지는 큰 아들에게는 항상 칭찬하고 말하지 않아도 용돈을 넉넉하게 주는 반면, 둘째 아들은 아예 외면해버리고 대화가 단절된 상태로 남남처럼 지내기 시작했다. 그럴수록 둘째 아들은 엄마를 협박하여 돈을 받아 내었고 정상적으로 사회에 적응하려 하지 않고 엄마로부터 돈을 받아서 방탕한 생활을 하기만을 즐겼다.

그러던 중 시내에서 유명한 일명 노는 여자를 만나 동거를 시작했고 일정한 수입이 없는 아들은 아버지 몰래 엄마로부터 돈을 받아 생활하였고, 급기야는 아파트와 차를 사기 위해 아버지 몰래 선산 땅 문서를 담보로 대출을 받기까지 이르게 되었다. 그러는 와중에도 씀씀이는 줄이지 못하고 계속 늘어났으며 아이까지 갖게 되면서 필요한 돈을 만들기 위해 늙은 어머니를 협박하여 집 안의 가재도구까지 팔아치우기 시작했다. 이후 대출받은 돈을 갚지 못하게 되자 결국 선산은 경매로 처분되어 다른 사람에게 넘어가고 말았다.

평생 시골에서 농사만 지으며 성실하게 살았고 훌륭한 큰 아들을 항상 자랑스럽게 생각했던 아버지는 이러한 둘째 아들의 패륜적 행동에 더 이상 화를 참지 못하고 결국 어느 날 밤 부부가 함께 약을 먹고 생을 마감하고야 말았다.

이 사례를 통해 우리는 많은 교훈을 얻을 수 있다. 내가 이 책에서 계속해서 반복한 이야기 중 핵심적인 이야기인 "스스로 자립하지 못한 사람은 결국 자신의 생활을 영위하기 위해 어떤 짓을 할지도 모른다."는 진리를 우리는 깊이 공감해야 한다. 이러한 자식이 내 자식이 아니라는 보장이 없기 때문에 그러한 자식을 만들지 않기 위해서 부모는 '내가 낳은 자식이라고 해도 절대 품안에 두고 모든 것을 해 주어서는 안 된다.'는 점을 명심 또 명심해야 할 것이다.

07

돈에 대한 아버지의 생각

이 글은 오래 전 나의 아들이 고등학교에 다니던 때 편지로 써서 보냈던 내용이다. 다소 내용이 주관적인 부분이 많지만 참고사항 정도로 생각했으면 한다.

"돈에 대한 아버지의 생각"

① 돈은 우리가 사는 세상에서 가장 귀하고 중요한 것이다. 만약 이 세상을 살아가는데 돈이 없다면 우리는 입고 싶은 옷도 못 사 입고, 먹고 싶은 음식도 못 먹고, 살고 싶은 집에서 살 수도 없다.

즉 내가 원하는 의식주를 해결할 수 없으며 살기 위해서는 거지처럼 구걸하며 살 수밖에 없다.

뿐만 아니라 내가 돈이 없으면 부모님께 자식 노릇도 못하고 자식들 앞에 부끄러운 모습으로 손을 벌릴 수밖에 없으며 친구들을 자유롭게 만날 수도 없는 비참한 삶을 살 수밖에 없다. 그러나 돈이 많이 있으면 반대로 이러한 의식주를 마음껏 누리면서 부모님께 자식의 도리를 다할 수 있고 자식들을 위해 도움을 줄 수 있으며 친구들과도 좋은 관계를 유지하면서 즐겁고 행복하게 살 수 있다.

② 돈은 쓰기 위해 있는 것이 아니고 모으기 위해 있는 것이다. 인생은 하룻밤 일장춘몽이 아니고 100년에 가까운 기나긴 여정이다. 어떤 때는 뜻하지 않은 횡재를 하기도 하지만 어떤 때는 아무리 발버둥을 쳐도 원하는 것을 얻을 수 없기도 한다. 또한 젊어서는 혼자 살기 때문에 크게 돈이 들어갈 일이 없고 필요한 것들은 부모님이나 주위 사람들에 의해 얻기도 하여 돈이 쉽게 생기기도 한다.

그런데 나이가 들수록 이곳저곳 돈이 들어갈 곳이 많아지고 뜻하지 않은 일이 생겨 목돈이 필요한 경우도 있게 된다. 만약 통장에 돈이 없으면 이러한 일에 대처할 수 없게 되어 일명 몸으로 때워야하는 비참한 상황에 직면하게 된다. (예: 고소고발 사건에 연루되었는데 돈이 없어 변호사를 살 수 없고 몸이 아파 병원에 입원하여 수술을 해야 하는데 돈이 없어 수술을 받지 못하고 병을 고치지 못하는 비참한 경우 등등)

따라서 어려서부터 돈을 모아 미래의 어려움을 위한 준비를 하는 것이 매우 중요하며 이를 위해 자신의 수입 일부분을 꼭 저축하는

습관을 갖는 것이 중요하다.

③ 의식주 충족을 위해 돈을 너무 많이 쓰면 남는 돈이 없게 된다. 사람은 누구나 좋은 옷을 입고, 맛있는 음식을 먹고, 좋은 집에서 살고 싶어 한다. 물론 좋은 차를 사고 좋은 신발을 신고 명품 지갑을 들고 싶어 하는 욕구도 위와 같은 의식주 욕구에 포함된다고 할 수 있다. 그런데 재미있는 것은 이러한 욕구는 끝이 없다는 것이다. 아무리 좋은 것을 사도 욕구는 끝나지 않으며 더 좋은 것을 갖고 싶어 하는 것이 인간이다.

따라서 이러한 의식주 충족을 위해 자신의 수입을 고려하지 않고 너무 많이 지출을 해 버리면 남는 돈이 없어 저축을 할 수 없다.

④ 자신의 현재 수입의 51% 이상을 저축해야 미래에 윤택한 삶을 살 수 있다. 우리가 미래의 윤택한 삶을 위해서 지금 얼마만큼을 저축해야 할까? 여기에 정확히 답변할 수 있는 사람은 없을 것이다.

그러나 맨손으로 시작해서 4남매의 자식들을 모두 대학교까지 교육시키고 모두 출가시켜 자립할 수 있도록 만든 할머니의 말씀을 나는 가장 정확한 기준이라 생각한다.

20살부터 사회생활을 하여 돈을 벌기 시작하여 30년을 일하고 50살에 퇴직하여 30년을 살다가 80살에 세상을 떠난 사람을 기준으로 일하는 30년 동안 어떻게 경제활동을 해야 하는지 알아보면 월 1,000만 원을 벌어서 400만 원씩 저축하는 사람보다 월 100만 원을 벌어서 60만 원씩 저축하는 사람이 결국에는 훨씬 더 윤택한 삶을 살더라는 교훈이다.

사람이 절대 그 규모를 줄일 수 없는 것이 차의 크기, 집의 크기, 씀씀이 이렇게 세 가지인데 그 중에서 가장 줄이기 힘든 것이 돈 씀씀이라 한다. 즉, 한 번 습관처럼 형성된 씀씀이는 절대 줄일 수 없으므로 함부로 씀씀이를 늘리면 안 된다는 말씀이다.

따라서 지금 수입이 얼마인지가 중요한 것이 아니고 내 수입에 비해 과연 얼마를 저축하고 있는지가 중요한 것이다.

⑤ 이 세상에 공짜는 없다. 쉽게 번 돈은 반드시 그 대가를 치르게 된다. 간혹 젊은 사람들은 로또, 비트코인, 복권 등 일확천금의 기회를 노리고 그것을 위해 인생을 허비하는 경우를 종종 볼 수 있다. 그런데 이러한 일확천금의 뒤에는 반드시 합당한 대가를 치른다는 사실을 전혀 모른다.

미국의 모 방송국에서 지난 20년 동안 거액의 복권에 당첨되었던 사람들의 현재 모습을 다큐멘터리로 방영한 프로그램이 있었는데 모두들 한결같이 이혼하고 부모형제들과 등지고 불행하게 사는 것을 확인할 수 있었다.

돈은 이상한 기운을 갖고 있어서 가지면 가질수록 더 욕심이 커지고 돈을 많이 갖고 있으면 신기하게도 주위에 사기꾼, 아첨꾼, 여자들이 많이 접근하는 것으로 나타났다. 따라서 일확천금의 기회를 노리는 것은 곧 일시에 소중한 모든 것을 잃을 마음의 준비를 해야 하는 것이다.

⑥ 부모가 자식에게 할 수 있는 가장 소중한 가르침은 가난이다. 일본의 대표적인 역사소설 '언덕 위의 구름'에 보면 이런 부분이 나온

다. 소설 속 주인공 두 형제가 크게 성공하여 고향을 찾아와 아버지와 함께 마을 공동 목욕탕에서 나눈 이야기이다.

아들 : 아버지, 아버지는 저희를 어떻게 훈육하셨기에 저희처럼 훌륭하게 자식을 키울 수 있었나요?

아버지 : 부모가 자식에게 할 수 있는 가장 소중한 가르침은 자식에게 가난을 느끼게 하여 갖고 싶은 욕구를 위해 근면성실하게 살아갈 수 있는 동기를 부여하는 것이다. 나는 너희에게 가난의 불편함을 가르쳤을 뿐이다.

가난의 불편함을 절실히 느껴본 사람이 그렇지 않은 사람에 비해 삶에 더 진지하고 돈에 대해 더 절실함을 가질 수밖에 없을 것이다.

⑦ 작은 부자는 근검절약하면 될 수 있지만 큰 부자는 하늘이 내린다. 우리는 모두 부자가 되고 싶어 한다. 그리고 열심히 살면 부자가 될 수 있다고 막연하게 생각한다. 하지만 부자기 되기는 결코 쉽지 않다. 부자에는 작은 부자와 큰 부자가 있다. 작은 부자가 된 사람들은 한결같이 오랜 기간 먹고 싶은 것 참고, 사고 싶은 것 참는 인고의 세월이 있었기에 가능했다고 한다. 하물며 작은 부자도 그럴 진데 큰 부자는 결코 우리가 인위적인 노력으로 이룰 수 있는 것이 아니다.

큰 부자는 보통 사람이 평생 한 번 올까 말까한 어마어마한 기회가 몇 차례 찾아왔기 때문에 가능했던 것이다. 따라서 이러한 큰 부자를 부러워하고 나에게도 그런 기회가 왜 안 오는지 원망만 하고 있다면 그처럼 바보스러운 일이 없을 것이다.

따라서 우리는 나의 운명을 겸허히 받아들이고 비록 작은 부자이지만 그것을 위해 어려서부터 근면검소하게 살아가야 할 것이다.

⑧ 나는 돈을 귀하게 여기지 않는 사람에게는 절대 돈을 주지 않겠다. 나는 시골에서 농사를 짓는 농부의 아들로 태어나 엄청난 근면검소를 강요하는 어머님의 훈육을 받으며 어린 시절을 보냈다. 대학을 졸업하고서는 30년 동안 공무원으로서 많지 않은 월급으로 아들, 딸을 낳아 기르면서 15번 이사를 하였다. 결코 돈을 모으기 힘든 환경이었다. 그러나 평생 소고기집에 가서 식사 한 번 안하고 의식주를 위한 지출은 최소화시킨 극단적인 검소함과 엄마의 적극적인 노력으로 부모님께 손 벌리지 않고 너희들을 키우면서 지금까지 잘 살아왔다.

돈에 대한 나의 생각은 위와 같다.

따라서 적은 돈이지만 나는 내가 모은 이 재산을 절대로 함부로 자식들에게 주지 않을 작정이다. 내가 자식에게 돈을 줄 조건은 간단하다. 위에서 기술한 이러한 기준과 자세로 인생을 사는 자식에게만 내가 모은 재산을 줄 예정이다. 만약 이러한 조건에 충족하지 않는다면 즉, 아주 큰 부자가 되어 있거나 근검절약하지 않고 버는 족족 돈을 써버려서 저축한 돈이 없을 경우 나는 절대 내 돈을 한 푼도 주지 않을 것이다.

에필로그

"모두가 부자 되는 세상을 기대하며"

내가 이 글을 쓰게 된 이유는 내가 부자인 것을 자랑하기 위함이 아니고 이 글을 접한 모든 사람들이 다시 한번 자신의 포트폴리오를 되돌아보고 미래에 대한 준비를 어떻게 할 것인지에 대한 힌트를 주기 위해서이다. 내가 월급이 많지 않은 공직 생활 30년 동안 작지만 충실한 포트폴리오를 구성할 수 있었던 것은 어려서부터 어머님의 가르침 그리고 아버지의 솔선수범을 통해 자연스럽게 경제적 관념을 체득할 수 있었고 반대로 또 다른 아버님을 통해 반면교사의 기회가 있었기 때문이라고 생각한다.

이 글을 접한 모든 독자들은 다시 한번 자신과 가족의 현재 상태를 진단해보고 가정의 소비를 줄여 매달 월급을 수령하면 일정 부분 자산 축적을 위한 곳에 먼저 투자를 한 후 나머지를 가지고 소비 지출을 하는, 규모 있는 생활을 함으로써 장기적으로 부자가 되기를 바라는 마음이 간절할 따름이다. 또한 더 이상 자녀들에게 공부를 강요하면서 부모와 자식 간에 언성을 높이고 서로가 감정이 쌓이는 그런 가족이 없이 부모는 자식을 항상 격려하고 자식의 소질을 개발해 주고 자식이 스스로 자립할 수 있도록 어려서부터 투자하는 방법을 교육하여 미래의 윤택한 삶에 대한 꿈을 꿀 수 있도록 지도해 주기를 바라는 마음에서 이 글을 작성하게 되었다.

'이 세상에 공짜는 없다.'

이 말은 '내가 노력하지 않고 어떤 이득이나 소득을 얻었을 때에는 그에 대한 대가를 사후에 반드시 치른다.'는 이야기이다. 오래 전에 미국의 한 TV 프로그램에서 지난 20년간 수많은 복권 및 로또에 당첨된 사람들을 직접 찾아가서 그 사람들이 현재 어떻게 살고 있는지 조사하여 방송한 일이 있었다. 그 결과는 놀랍게도 약 90% 이상이 가족들과 헤어지고 외롭게 거의 알거지가 되어 숨어서 불행한 생활을 하고 있는 것을 사실적으로 확인하여 방송하였다. 그런데도 우리 주위의 많은 사람들은 비록 나중에 알거지가 될지언정 오늘 이 순간 로또 한 번 맞아 보는 것을 소원으로 하고 살고 있다. 지난 20년간 샀던 로또 구매 금액을 복리로 적금에 가입했다면 20년 후에는 오히려 로

또에 당첨 된 것 못지않게 큰돈으로 나에게 돌아온다는 사실을 우리는 모르고 있다.

이 세상에 공짜는 없다. 지금 공짜를 받고 나중에 엄청난 대가를 치르는 게 나을지 아니면 지금은 조금 부족하더라도 꾸준히 노력해서 20년 후에 확실한 소득을 기대할지는 여러분의 선택에 달려 있다. 끝.